La ~~Nouvelle~~
en camping

Laurence à la présidence
Robin Wasserman

Double jeu
Jane B. Mason et Sarah Hines Stephens

Confusion totale
Eliza Willard

Quelle cachottière!
Randi Reisfeld et H.B. Gilmour

Comment devenir une VRAIE fille en dix jours
Lisa Papademetriou

Accidentellement fabuleuse
Lisa Papademetriou

Accidentellement célèbre
Lisa Papademetriou

Accidentellement trompée
Lisa Papademetriou

La ~~Nouvelle~~ en camping

FRANCESCO SEDITA

Texte français de Louise Binette

Éditions
SCHOLASTIC

Catalogage avant publication de Bibliothèque et Archives Canada

Sedita, Francesco

La nouvelle en camping / Francesco Sedita ;
texte français de Louise Binette.

(Rose bonbon)
Traduction de: Miss Popularity goes camping.
Pour les 9-12 ans.

ISBN 978-1-4431-0167-7

I. Binette, Louise II. Titre. III. Collection: Rose bonbon
(Toronto, Ont.)

PZ23.S423No 2010   j813'.6   C2010-901195-3

Édition publiée par les Éditions Scholastic,
604, rue King Ouest, Toronto (Ontario) M5V 1E1.

5 4 3 2 1   Imprimé au Canada 121   10 11 12 13 14

Conception graphique : Steve Scott

Illustration de la couverture : Chuck Gonzales

À Craig, qui sait toujours montrer le chemin.
Et à Sean.

CHAPITRE 1

Ras-le-bol du sarcelle

Cassie Nantais pivote devant son miroir, dans son capri bleu sarcelle préféré et son haut blanc classique à col boutonné. Décidément, il y a quelque chose qui cloche. Son pantalon paraît tellement ordinaire, tellement terne, tellement banal. *Comment est-ce possible?* se demande-t-elle. Le bleu sarcelle est la couleur la plus sensationnelle de toute la galaxie.

Vraiment?

Elle se dirige vers sa chaîne stéréo, prend son lecteur MP3 de couleur sarcelle lui aussi et clique sur la liste de chansons que lui a préparée Emma, sa meilleure amie à Vancouver. La première chanson résonne aussitôt dans les haut-parleurs, créant une ambiance musicale réconfortante dans la chambre chocolat et crème. Le moral de Cassie remonte en flèche.

De retour devant son miroir, Cassie contemple toutes les photos qu'elle a collées sur le cadre. Elle est arrivée en Ontario avec ses parents il y a quelques mois à peine, mais déjà ils se sentent ici comme chez eux. Cassie s'en réjouit. Bien sûr, la vie qu'elle menait à Vancouver lui manque toujours, surtout sa copine Emma et tous ses autres amis; mais maintenant qu'elle est bien installée dans sa nouvelle maison et à l'école des Saules, elle s'amuse beaucoup.

Cassie sourit en observant les photos. Sa préférée est celle où elle est photographiée avec Estrella, sa meilleure amie en Ontario, saluant le public lors du défilé de mode-bénéfice qu'elles ont organisé ensemble le mois dernier. Cassie n'arrive toujours pas à croire qu'elle a eu la chance de tomber sur une amie comme Estrella, la seule autre personne, dans cette école secondaire où flotte une odeur de moisi, qui partage sa passion de la mode.

Cassie jette un coup d'œil sur la photo juste en dessous. On y aperçoit Cassie, Estrella, Jonah (le meilleur ami d'Estrella depuis qu'ils sont enfants), la méchante Victoria Jeanson et elle-même. Elle fait de son mieux pour ne pas ajouter automatiquement le mot « méchante » devant « Victoria », mais parfois, ça lui échappe! Victoria s'est montrée odieuse envers Cassie depuis l'instant où celle-ci a posé pour la première fois le bout de sa chaussure perlée dans le couloir de l'école des Saules. Elle a même eu le culot de se mettre en colère lorsque l'idée de Cassie d'organiser un défilé de mode a été retenue à la place de la sienne, qui était de planter des arbres comme activité-bénéfice. Même si Victoria a fini par accepter l'idée de Cassie, il existe encore des tensions entre les deux filles.

Au même moment, la nouvelle chanson de Beyoncé retentit dans les haut-parleurs. Cassie balance les hanches, ferme les yeux et s'imagine descendant un grand escalier de cristal lors de sa tournée mondiale. Elle ouvrira les yeux et... voilà! Son pantalon capri sarcelle lui plaira de nouveau. Elle compte jusqu'à trois :

Un, deux...

S'il vous plaît, s'il vous plaît, s'il vous plaît!

— Cassie!

La voix de sa mère la fait sursauter. Cassie virevolte, et ses boucles rousses viennent se coller à son brillant à lèvres « saveur des îles ».

— Oh, salut! dit-elle avec un petit rire embarrassé.

— Chérie, Estrella est au bout du fil.

Sa mère lui tend le téléphone.

— Et qu'est-ce que je t'ai dit à propos de la musique? Ne mets pas le volume aussi fort. OK., superstar? lui dit-elle tout en baissant le volume et en souriant.

Cassie prend le téléphone.

— Désolée. Je sais que la musique était forte, c'est juste que... eh bien, c'était une urgence vestimentaire!

La mère de Cassie sort de la chambre en secouant la tête.

— Tu ne vas pas me croire... souffle Cassie dans l'appareil.

— Oh non, qu'est-ce qu'il y a? demande Estrella d'un

ton ferme, manifestement prête à affronter une crise.

— Je pense que je n'aime plus mon pantalon sarcelle!

— Quoi? Le capri avec les petits cordons?

— Oui, celui-là!

— Cassie, tu l'adorais samedi dernier. Tu m'as même dit que tu étais excitée de le porter pour la première fois cette semaine, en l'honneur du printemps. Tu as planifié à la journée près le moment où tu l'étrennerais!

— Je sais, je sais! C'est censé être demain! déclare Cassie en s'examinant dans le miroir.

— Il y a quelque chose qui cloche, continue-t-elle tristement. Je sais que ça va te paraître idiot, mais je ne sais pas si... j'aime la couleur.

Cela lui fait de la peine de le dire.

Estrella est inquiète maintenant.

— Mais le bleu sarcelle est ta...

— Couleur fétiche, dit Cassie en soupirant.

Elle se laisse tomber sur son lit. Qu'est-ce qui lui arrive?

— Détends-toi! dit Estrella. Respire profondément et n'y pense plus. Je parie que ce n'est qu'une question d'éclairage.

Cassie soupire encore une fois.

— Tu as raison.

Elle jette un coup d'œil par la fenêtre et pousse un nouveau soupir. On ne peut soupirer plus de deux fois consécutives, c'est la règle; sinon, ça devient du mélodrame.

— Alors, quoi de neuf? demande-t-elle, un peu plus calme.

— Je regardais les photos du défilé de mode sur mon portable pour préparer l'album-souvenir, et j'ai trouvé la photo la plus mignonne de nous deux dans les coulisses! Il faut, je dis bien, *il faut*, qu'on la publie dans l'album.

Cassie et Estrella viennent de se joindre à l'équipe de l'album-souvenir en tant qu'éditrices photos. C'est tellement amusant de regarder toutes les photos et de décider lesquelles sont les plus réussies.

— J'ai hâte de la voir! dit Cassie.

Elle se lève et regarde dehors. Le soleil de mai est d'un délicieux jaune lumineux, mais il y a toujours quelques petits tas de neige ici et là sur la pelouse! Pourtant, ses amies de Vancouver lui ont raconté que leurs cheveux frisottaient déjà en raison de l'humidité.

Hourra pour l'Ontario! se dit Cassie, soulagée que ses boucles rousses soient épargnées par les frisottis. Elle sourit, tout excitée à l'idée de passer son premier été en Ontario et de découvrir un tas de choses nouvelles. Emma songe même à venir de Vancouver pour lui rendre visite, et Cassie a hâte de l'emmener au magnifique centre commercial, de lui faire goûter les délicieux bleuets de l'Ontario, et de lui montrer l'école secondaire des Arts de la scène. Cassie adore passer devant en voiture. Elle aimerait tellement y aller un jour!

— Tu sais, on a encore beaucoup de travail à faire

5

pour l'album-souvenir, fait remarquer Estrella.

— Je sais!

Cassie s'affale sur son lit et ouvre son agenda bleu sarcelle. Les deux amies ont dressé une liste de toutes les photos qu'elles souhaitent soumettre. Elles doivent encore trier toutes les photos de sport, et c'est une tâche qu'elles redoutent toutes les deux. Le sport, c'est super quand on aime ça, mais c'est trop compliqué pour Cassie.

— Il faudra qu'on s'attaque aux photos de sport bientôt, dit Cassie.

— Tu as raison, approuve Estrella, manifestement aussi découragée qu'elle.

On frappe à la porte de la chambre. La mère de Cassie passe la tête dans la pièce.

— Chérie, ton père est arrivé. Nous allons souper.

— O.K., Patricia, dit Cassie, qui s'aperçoit qu'elle a faim.

Elle sait que peu de ses amies appellent leurs parents par leurs prénoms. Mais « maman » et « papa », ça fait tellement enfantin.

— Estrella, il faut que j'aille souper.

— Oh, attends avant de raccrocher! Es-tu au courant qu'il y a une assemblée spéciale pour les élèves de secondaire II demain?

— C'est vrai? demande Cassie, intriguée. À quel sujet?

— Je parie que c'est pour la sortie de fin d'année! dit Estrella.

Cassie adore les sorties éducatives. À Vancouver, les élèves en avaient deux par année : une à l'automne et une autre au printemps. Cassie était toujours enchantée par le choix de ces sorties. Une fois, les élèves ont visité un camp spatial où ils ont pu essayer des combinaisons d'astronaute et même monter à bord d'un simulateur de vol. Emma vient d'ailleurs de lui annoncer que, cette année, ils iront dans un parc d'attractions géant.

— Enfin, je n'en suis pas certaine, précise Estrella. Bon, il faut que j'aille manger maintenant, je meurs de faim.

— Tu n'avais qu'à finir ton dîner à midi, dit Cassie d'un ton incrédule.

— Le poulet était dégoûtant! hurle Estrella.

— C'est faux. Il était délicieux.

— Je te jure qu'il gloussait encore! lance Estrella en riant.

— C'est toi qui glousses maintenant, dit Cassie.

— Cot, cot, cot!

— À plus tard, ma cocotte!

— Bisou, dit Estrella.

— À toi aussi!

Cassie raccroche et court souper. Elle espère qu'il n'y aura pas de poulet au menu du soir.

CHAPITRE 2

à l'aventure!

Le lendemain à l'école, Cassie est vêtue tout de bleu sarcelle. Elle a conclu que la seule façon de redécouvrir cette couleur est de la célébrer. Elle a donc opté pour son capri sarcelle et un joli t-shirt rose à l'effigie de « Madame Risette ». Elle a vu dans un magazine une photo de l'adorable Emma Watson en train d'examiner les t-shirts de cette collection dans une boutique de Los Angeles. S'ils sont assez bien pour Hermione, mademoiselle je-sais-tout, ils le sont certainement pour Cassie!

Elle se tient devant son casier, les pieds tout froids dans ses jolies sandales à bout ouvert.

Le signal sonore de son cellulaire retentit, et Cassie fouille dans son sac à la recherche de l'appareil.

JUSTE PR TE DIRE ALLÔ!
C'est Emma.

Rapidement, Cassie tape une réponse, imaginant Emma courant dans l'air humide de Vancouver pour attraper l'autobus scolaire.

ALLÔ! OFFICIELLEMENT EN SANDALES! YÉ! XO

Elle appuie sur ENVOYER et éteint son cellulaire. Les téléphones sont interdits à l'école et Cassie ne comprend pas pourquoi. Elle remplit son sac des manuels dont elle aura besoin pour ses cours du matin. Tandis qu'elle tourne le cadran de son cadenas, Estrella surgit au bout du couloir, l'air tout à fait divine, comme toujours. Aujourd'hui, elle porte une jupe plissée qui donne à Cassie l'envie soudaine d'en porter une aussi. Une jupe de tennis fluide et parfaite. Vert vif. Super chic.

— Quoi de neuf, madame la créatrice de mode? demande Cassie.

Naturellement, Estrella rougit, comme d'habitude.

— Elle te plaît vraiment?

— Je l'A-DO-RE.

— Merci! Je l'ai achetée dans une friperie, dit Estrella en empilant une tonne de livres dans son casier. C'est bien le test d'algèbre aujourd'hui, n'est-ce pas?

— Ne m'en parle pas! gémit Cassie.

Cassie et l'algèbre ne font pas bon ménage par les temps qui courent.

— Tu t'en tireras très bien, dit Estrella. Tu t'en tires toujours!

La première sonnerie retentit.

— Toi, c'est la sonnerie qui te sauve, dit Cassie en esquissant un sourire.

Les deux amies marchent ensemble jusqu'à l'auditorium pour l'assemblée spéciale.

Les élèves de secondaire II sont rassemblés dans l'auditorium. Cassie et Estrella se dirigent vers l'endroit où Jonah et Émile Goulet sont assis. Émile est arrivé à l'école des Saules il y a un an, et Jonah et lui sont devenus très bons amis, tout comme Cassie et Estrella.

— Salut! dit Cassie en s'assoyant.

Estrella ne dit rien. Jonah et elle ayant grandi ensemble, il leur arrive parfois d'agir comme s'ils étaient frère et sœur.

— Salut, Estrella, dit Émile.

Celle-ci lève à peine les yeux et continue de fouiller dans son sac à dos.

— Hé! fait-elle d'un ton embarrassé.

Cassie la dévisage d'un air incrédule. Pourquoi Estrella se comporte-t-elle aussi bizarrement?

— Alors, on fait une sortie de fin d'année? demande Cassie.

— Je ne sais pas, dit Jonah. Mais je l'espère.

— Moi aussi! s'exclame Cassie si fort que Lyne Béliveau, l'une des meilleures amies de Victoria, tourne la tête pour voir ce qui se passe.

Leurs regards se croisent, et elles éclatent de rire toutes les deux. Victoria se retourne et fait de son mieux pour sourire, mais cela ressemble plutôt à une grimace.

Cassie s'en fiche. Elle a trop hâte que l'assemblée commence.

— Ça alors, chuchote Jonah à Cassie, je ne peux pas croire que Victoria te déteste toujours autant parce que tu as organisé le défilé de mode.

Cassie donne un petit coup de poing amical sur le bras de Jonah.

— Elle ne me déteste pas! Puisque je te le dis!

Jonah rit.

Cassie s'apprête à le frapper amicalement de nouveau, mais Mme Royer s'avance sur la scène et se dirige tout droit vers le micro. Elle porte son éternel tailleur gris et des chaussures grises. Elle a aussi relevé ses cheveux en un chignon haut perché.

— Quand va-t-elle enfin se décider à varier ses tenues? demande Cassie à Estrella tout bas.

Toutes les deux, elles adorent la TGD (très guindée directrice), mais celle-ci gagnerait à ajouter un peu de couleur à sa garde-robe!

— Chers élèves de l'école des Saules, lance la TGD, qui exulte de fierté.

Elle commence toujours ses annonces sur le même ton confiant, joyeux et fier. Peut-être que Cassie finira par en avoir assez un jour, mais pour l'instant, cela la fait frissonner d'excitation chaque fois. La TGD est vraiment extraordinaire!

— Aujourd'hui est un jour bien spécial. C'est l'annonce de la sortie de fin d'année des élèves de deuxième secondaire, véritable rite de passage pour chaque élève de l'école des Saules.

Le cœur de Cassie bat à tout rompre. Il s'agit bel et bien de la sortie de fin d'année. Hourra! Peut-être qu'ils séjourneront dans un chalet au bord d'un lac? Ou encore qu'ils visiteront une province voisine?

— Cette année, nous sommes ravis de vous envoyer à la Pinède.

Cassie se tourne vers Estrella et hausse les sourcils. Elle n'a aucune idée de ce qu'est la Pinède, mais elle entend quelques murmures autour d'elle. Il semble s'agir de murmures d'approbation, lui faisant espérer que ce sera une sortie plaisante.

— Comme bon nombre d'entre vous le savent, la Pinède permet aux adolescents de l'Ontario de vivre une expérience de camping hors du commun, poursuit la TGD.

Le sang de Cassie ne fait qu'un tour.

— Du camping? souffle-t-elle à Estrella.

Mais quel genre de sortie de fin d'année est-ce exactement?

Estrella hausse les épaules.

— Le camping constitue l'un des aspects vitaux d'un apprentissage harmonieux, continue la TGD. Nous ne pouvons pas étancher notre soif de savoir uniquement par les livres et les activités intérieures. Nous devons également porter notre regard à l'extérieur de la classe et apprendre à apprécier et à comprendre la beauté du monde qui nous entoure. L'une après l'autre, toutes les classes de deuxième secondaire séjourneront là-bas. Le personnel de la Pinède et moi sommes convaincus que non seulement ce voyage vous instruira, mais qu'il vous mettra également à l'épreuve et vous aidera à repousser vos limites et à exceller.

Dans l'esprit de Cassie se succèdent aussitôt des images de bestioles, de toilettes extérieures et de choses contre lesquelles on se cogne dans le noir. Puis elle respire à fond. Elle n'a jamais fait de camping et elle ne peut pas vraiment savoir si ce sera aussi épouvantable que ce qu'elle s'est imaginé. De plus, elle n'est pas du tout le genre de personne qui a peur d'essayer de nouvelles choses.

La TGD poursuit son discours.

— Vos enseignants vous en diront davantage, alors veuillez vous rendre dans vos classes respectives maintenant. Bonne chance à tous!

Une fois le discours terminé, Cassie déborde d'enthousiasme et d'énergie positive. Ce voyage se révélera peut-être des plus amusants. Peut-être même qu'il changera sa vie!

Cassie et les autres élèves rassemblent leurs affaires et se dirigent vers leurs classes.

— Ne t'inquiète pas, tout se passera bien, dit Estrella à Cassie avant qu'elles se séparent pour l'avant-midi.

— M'inquiéter? Est-ce que j'ai une raison de m'inquiéter? demande Cassie d'un ton calme.

Une expression de surprise passe furtivement sur le visage d'Estrella.

13

— Oh, non! Pas du tout! C'est juste que j'ignorais que tu avais déjà fait du camping.

— Je n'en ai jamais fait. Mais j'ai tellement hâte! dit Cassie, radieuse.

Aussitôt entrée dans la classe de M. Bournival (sa préférée dans toute l'école : avec son foyer et ses pupitres en bois foncé, elle est chaleureuse et douillette), Cassie aperçoit Victoria assise à sa place en train de bavarder avec Lyne et Mireille, la troisième fille de leur trio d'amies. Victoria semble très excitée et montre du doigt quelque chose sur le prospectus aux couleurs vives étalé sur son pupitre.

Cassie leur sourit poliment et se dépêche de s'installer à sa place. Elle sort son tout nouveau stylo orné d'un diadème ainsi que son cahier de notes assorti, et commence à réviser son devoir d'algèbre, dans l'espoir que cela l'aidera pour le test.

Règle de vie numéro 41 : Ce n'est pas grave de ne pas saisir quelque chose du premier coup.
Mais c'est hyper grave de ne rien faire pour remédier à la situation.

Juste au moment où elle s'assure que $a + b = c$, comme il se doit, M. Bournival prend la parole.

— Bonjour, tout le monde. Comme vous venez de l'apprendre, nous avions une grande nouvelle à vous annoncer ce matin.

La classe devient silencieuse, et tous reportent leur

attention sur l'enseignant. C'est ce qu'il y a de formidable chez M. Bournival : il traite tous les élèves avec respect, et ceux-ci le lui rendent bien. L'autre jour, par exemple, toute la classe a lamentablement échoué à un test surprise portant sur un rapport de lecture qu'ils avaient à faire. Mais… c'était la finale de *Canadian Idol* la veille! Parfois, ce qui passe à la télévision est très, très important! Heureusement, M. Bournival s'est montré extrêmement compréhensif et a donné une autre chance aux élèves. Il a même admis avoir regardé la finale aussi, ce qui a fait monter en flèche son indice de popularité!

Il remonte ses lunettes sur sa tête, et celles-ci disparaissent dans sa tignasse noire bouclée.

— J'ai pensé que vous aimeriez avoir un prospectus de la Pinède, dit-il.

Monsieur B. prend une pile de feuillets sur son bureau. Ils ressemblent à celui que Victoria regarde. Tandis que les prospectus circulent d'un élève à l'autre, l'enseignant lit à haute voix :

— La Pinède est une base de plein air unique où les élèves pourront voir l'Ontario sous un tout nouvel angle. Non seulement les participants auront-ils la chance de se familiariser avec l'habitat naturel de notre province, mais ils pourront aussi profiter pleinement des activités comme la randonnée, l'escalade en falaise naturelle, la descente de rapides en radeau pneumatique et le camping. Celles-ci ne sont que quelques-unes des activités qui leur permettront de s'amuser tout en découvrant la beauté naturelle exceptionnelle de l'Ontario.

Va pour la beauté naturelle! se dit Cassie. Dès qu'on lui passe un prospectus, elle s'empresse de le déplier. Elle aperçoit de superbes photos de couchers de soleil, de forêts et de feux de camp. Les gens préparent même des hot dogs! Cela semble fabuleux.

Cependant, le cœur de Cassie se serre lorsqu'elle retourne le feuillet. Elle voit au verso des participants qui font du saut à l'élastique, du kayak et qui montent même des tentes. Son pouls s'accélère tout à coup. Certaines de ces activités paraissent plutôt effrayantes.

— Nous sommes heureux que vous soyez la première classe de secondaire II à visiter la Pinède. Un merci spécial à Victoria et à sa mère pour toute l'aide apportée dans l'organisation de cette sortie.

Monsieur B. sourit à Victoria, qui rayonne de fierté.

Victoria et sa mère? Oh, oh! se dit Cassie.

Assise à l'avant de la classe, Victoria se retourne pour contempler les autres élèves. Son regard croise celui de Cassie pendant un instant.

Bien sûr, les rapports entre les deux filles se sont améliorés depuis le défilé de mode. Elles se saluent et, à l'occasion, Victoria laisse même tomber sa mine renfrognée pour lui sourire. N'empêche que Cassie n'est pas certaine qu'elles soient prêtes à se côtoyer en pleine région sauvage.

M. Bournival distribue ensuite une liste des choses à apporter pour le voyage.

❦ ÉCOLE SECONDAIRE DES SAULES ❦

Que faut-il apporter
pour votre séjour en camping?

Le plus important quand vous faites vos bagages en vue d'un séjour à la Pinède, c'est de ne pas oublier de « planifier le pire en espérant que tout se passe pour le mieux. »

Voici les articles que nous vous suggérons d'apporter :

Vêtements

2 pantalons
2 t-shirts
1 paire de chaussures de randonnée
1 ceinture
1 blouson
1 pyjama
Sous-vêtements
Chaussettes
1 tuque chaude
1 paire de gants

Articles de toilette

Brosse à dents et dentifrice
Savon et shampoing
Peigne et brosse
Débarbouillette et serviette

Divers

Insectifuge

Lunettes de soleil

Écran solaire et baume pour les lèvres

1 sac de couchage

1 oreiller

Cassie scrute la liste. Elle n'arrive pas à croire que celle-ci soit aussi limitée. On parle de « baume pour les lèvres », mais que fait-on du brillant à lèvres? Et seulement deux pantalons? Comment pourra-t-elle traverser cette crise vestimentaire si elle ne peut pas choisir parmi au moins trois couleurs différentes?

Elle respire profondément, plie soigneusement la liste et la glisse dans son sac à dos. Au moment où elle remonte la fermeture éclair de son sac, elle lève les yeux et aperçoit Victoria qui la dévisage, arborant un sourire mielleux.

Cassie se demande si elle a trop d'imagination, car elle pourrait jurer que Victoria a remué les lèvres silencieusement pour lui dire *Bonne chance.* Elle sent son estomac se nouer.

— Il y a aussi un coupon-réponse à faire signer à vos parents. S'il vous plaît, rapportez-le d'ici vendredi, dit M. Bournival en distribuant les coupons. Ce sera une véritable aventure pour chacun d'entre nous, ajoute-t-il avec enthousiasme. J'ai hâte!

— Moi aussi! lance Victoria d'une voix forte en rejetant ses cheveux en arrière.

Règle de vie numéro 44 : On ne rejette pas ses cheveux en arrière quand on porte un chouchou. (Ah oui, et... Règle de vie numéro 43 : On ne porte pas de chouchou!)

À l'heure du dîner, Cassie attend d'être seule avec Estrella à leur table de crise avant d'admettre qu'elle s'inquiète à propos du voyage.

Cassie et Estrella s'assoient toujours à l'une de leurs deux tables préférées. La première, la « table de crise », est réservée aux situations critiques et à leurs conversations en privé. La seconde, la table « m'as-tu-vu », est située au milieu de la cafétéria, et c'est là qu'elles s'installent la majeure partie du temps.

— O.K., tu avais raison tout à l'heure, avoue Cassie. Peut-être que je suis un petit peu nerveuse à l'idée d'aller camper.

— As-tu vu le prospectus dans ta classe? demande Estrella.

— Oui, répond Cassie avant de prendre une gorgée d'eau.

— Tu dois reconnaître que l'endroit semble magnifique, dit Estrella.

— Mais tu as vu les activités?

— Totalement terrifiantes.

— Je sais! dit Cassie d'une voix perçante.

— Et alors? Ce sera fantastique!

Cassie reste silencieuse pendant un moment.

— Qu'est-ce qu'il y a, Cassie? demande Estrella.

— Pour être honnête, c'est le fait que Victoria et sa mère soient du voyage qui me tracasse...

Estrella, qui fait toujours preuve de compréhension, hoche la tête.

— Je sais. Je me demandais comment tu réagirais.

— C'est juste que ça m'inquiète, dit Cassie, songeuse.

— C'est pour ça qu'on est à la table de crise, fait remarquer Estrella en riant.

Cassie sourit.

— Ça va mieux entre Victoria et toi, n'est-ce pas? C'est l'impression que j'ai, en tout cas, poursuit Estrella.

Cassie pousse un soupir.

— Imagine qu'il m'arrive quelque chose là-bas, dit-elle d'un ton théâtral.

Elle mord dans son sandwich végétarien.

— Oh, allez! Il n'arrivera rien à personne, dit Estrella en lançant une croustille en direction de Cassie pour la taquiner. On vivra cette expérience ensemble, et on aura beaucoup de plaisir!

— Vraiment? demande Cassie d'un ton hésitant.

Elle inspire à fond.

— Vraiment! s'exclame Estrella, le regard étincelant et le visage épanoui en un large sourire.

Elle plonge la main dans son sac à dos et en sort un magazine de mode.

— J'attends depuis ce matin l'occasion de te montrer

ça. Regarde!

Estrella ouvre le magazine à une page dont elle a plié le coin et montre une photo à Cassie. On y voit Miley Cirus vêtue d'une superbe robe grise à volants et d'un charmant petit boléro noir.

— Oh là là! s'écrie Cassie d'une voix aiguë en arrachant le magazine des mains d'Estrella.

— Je me suis dit que je pourrais essayer de dessiner une tenue semblable, chuchote Estrella.

Celle-ci devient souvent mal à l'aise et baisse le ton quand elle parle de ses créations.

— Tu dois le faire! Tu pourrais confectionner un ensemble encore plus joli que celui-là, j'en suis convaincue, dit Cassie.

Elle est toujours emballée par le talent de son amie.

Cassie jette un coup d'œil aux autres vêtements préférés d'Estrella, s'arrêtant à chaque page marquée. Submergée par une immense vague d'enthousiasme pour la mode, elle reprend espoir.

— Crois-tu qu'on pourrait apporter des magazines? demande-t-elle d'un air penaud.

— Bien sûr! Et on pourrait se coucher tard et lire à la lueur de nos lampes de poche! répond Estrella d'un ton enjoué.

Le sourire de Cassie s'épanouit.

— Ce serait merveilleux.

— Et qu'en est-il de ton ras-le-bol du bleu sarcelle?

Cassie baisse les yeux et regarde son capri, qui est franchement adorable même sous le mauvais éclairage de la cafétéria.

— Je crois que c'est passé. Je ne suis pas tout à fait sûre.

— Mais ça va mieux qu'hier soir?

— Oui, dit Cassie d'un air satisfait.

Au même moment, Victoria passe près de leur table; ses cheveux entortillés sont retenus fermement par un vieux chouchou défraîchi. Cassie se demande pourquoi Victoria tient tant à s'infliger ça, elle qui pourrait pourtant avoir de beaux cheveux.

— Salut, Victoria, dit Estrella.

— Salut, les filles, dit Victoria d'un ton plus gai que d'habitude.

Elle s'arrête un instant, et Cassie a envie de rentrer sous terre. Va-t-elle s'asseoir avec elles? Cassie n'est pas prête à franchir cette étape. Mais pas du tout!

— Je voulais juste vous dire que je suis super excitée d'aller à la Pinède, déclare Victoria.

— Nous aussi, dit Cassie en s'efforçant de paraître sincère.

— C'est vrai? Je suis contente d'entendre ça. Nous nous faisions tous du souci à ton sujet, dit Victoria en souriant.

— Mais non, elle est ravie! dit Estrella.

— Eh bien, tant mieux. Car ce sera un voyage unique! J'ai même le privilège de planifier la fête qui aura lieu lors de notre dernière soirée là-bas. Ce sera génial, dit Victoria.

Elle se tourne vers Cassie et penche la tête.

— Ce ne sera pas un défilé de mode, toutefois. Navrée! dit-elle en souriant de nouveau.

— Pas de problème, dit Estrella d'un air décontracté.

— Oh, Cassie... ajoute Victoria d'une voix doucereuse, pour information, je ne crois pas que tu pourras apporter tous ces magazines en voyage. Ils seront trop lourds pour la randonnée jusqu'au campement.

Victoria jubile. Cassie veut bien croire qu'elle essaie seulement de se montrer gentille et attentionnée. Vraiment, elle le veut.

Mais quand même!

— Euh, merci... dit-elle, hésitante.

— De rien! Si tu as des questions à propos de ce que tu dois apporter ou porter, n'hésite pas à me les poser, d'accord? Ce voyage n'a rien à voir avec la mode, alors tu devras vraiment faire preuve de jugement dans tes choix.

Victoria rejette la tête en arrière et s'éloigne.

— Hum... est-ce que Victoria s'imagine qu'elle est aimable quand elle te parle comme ça? demande Estrella avec curiosité.

— Je ne pense pas, répond Cassie, démoralisée. Je crois qu'elle vient de me dire que je ne suis pas très futée.

Les deux amies échangent un regard triste. Cassie dépose le magazine. Tout à coup, elle n'a plus aucune envie d'admirer des vêtements.

Ce soir-là, Cassie se connecte à sa messagerie instantanée pour sa conversation quotidienne avec Emma. Elle s'assoit devant son ordinateur à 20 heures pile, retournant toujours dans sa tête un problème de maths qu'elle doit résoudre pour le lendemain. Elle a un tas de choses en tête, et l'algèbre semble être le seul moyen de lui changer les idées.

Lorsqu'elle ouvre sa session, Emma est déjà en ligne.

Règle de vie numéro 59 : L'amour et l'amitié n'ont que faire de la distance.

EMMAGNOLIA : DAVID MALOUIN A ÉTÉ ÉLU PRÉSIDENT DE LA CLASSE POUR L'AN PROCHAIN!

MISSCASS : ÇA ALORS! C'EST SUPER! C'EST LA PERSONNE IDÉALE POUR LE POSTE.

EMMAGNOLIA : OH, JE T'EN PRIE! C'EST TOI QUI AURAIS ÉTÉ ÉLUE SI TU ÉTAIS ENCORE ICI! TOUT LE MONDE S'ENNUIE DE TOI!

MISSCASS : TU ES GENTILLE.

MISSCASS : LA SORTIE DE FIN D'ANNÉE A ÉTÉ ANNONCÉE.

EMMAGNOLIA : ET??

MISSCASS : ON VA CAMPER.

24

EMMAGNOLIA : OH...

Cassie songe à la sortie de ses amis de Vancouver au parc d'attractions. Ils hurleront dans les montagnes russes, s'empiffreront de barbe à papa rose et riront à gorge déployée.

MISSCASS : ET IL Y A PIRE...

EMMAGNOLIA : VOUS DEVEZ RETROUVER BIGFOOT?
Cassie rit.

MISSCASS : VICTORIA EST LA RESPONSABLE DU GROUPE. ET SA MÈRE NOUS ACCOMPAGNE!

Cassie attend qu'une réponse apparaisse. Emma doit être en train de taper un véritable roman pour la conseiller et lui exprimer sa profonde sympathie.

Mais il n'y a rien du tout à l'écran. Même pas « JRTDS » (je reviens tout de suite).

Cassie attend encore un peu, mais toujours rien. N'y tenant plus, elle tape frénétiquement :

MISSCASS : HUM, ALLÔ??!

Un message indique qu'Emma est en train de lui répondre. Enfin!

EMMAGNOLIA : TU N'AS QU'À PORTER ÇA.

L'instant d'après, la photo d'une paire de bottes super mignonnes apparaît.

EMMAGNOLIA : COMMENT PEUT-ON NE PAS S'AMUSER EN CAMPING AVEC DES BOTTES COMME CELLES-LÀ? JE T'ENVOIE LE LIEN. ET REGARDE LEUR NOM!

Cassie clique sur le lien. Elle voit les bottes... et leur nom. Rouquine! Il existe une compagnie nommée « Rouquine » qui fabrique des vêtements pour le camping. Est-ce un signe?

MISSCASS : GÉNIAL!

EMMAGNOLIA : CHOUETTE, HEIN?

MISSCASS : ET LEUR NOM?!!

EMMAGNOLIA : JE SAIS! C'EST SÛREMENT UN SIGNE. TOUT SE PASSERA BIEN.

MISSCASS : O.K. TU AS RAISON. MERCI. JE LES ACHÈTE TOUT DE SUITE.

EMMAGNOLIA : BISOUS!

MISSCASS : XO

Cassie met fin à la session de clavardage et reste sur le site de Rouquine. Les bottes sont ravissantes, avec des tourbillons roses et vert mousse. Dotées de bonnes semelles et montant à mi-mollet, elles sont parfaites pour la randonnée et protègent aussi de l'eau. Chics et pratiques. Sensationnelles. Cassie bondit de sa chaise et se précipite en bas pour demander à sa mère de les lui commander.

Ses boucles rousses dansant derrière elle, Cassie respire à fond. Quelqu'un doit introduire la mode au camping, et qui de mieux qu'elle et Estrella peuvent le faire?

CHAPITRE 3

L'art de camper avec style

Il est temps de passer aux choses sérieuses. Cassie ne dispose que de deux semaines pour se préparer en vue de son séjour à la Pinède. Puisqu'il est trop tard pour consulter une conseillère en mode ou un styliste, elle a effectué des recherches en ligne approfondies, et elle est prête à faire les magasins. Elle a rendez-vous avec Estrella par un doux samedi après-midi ensoleillé. En Ontario, le printemps est bien différent de celui de Vancouver; l'air y est plus vif et plus frais. Cassie se souvient à quel point c'était différent là-bas, avec l'air tiède et salin, et la brise marine.

Les deux amies se rejoignent devant le centre commercial à 14 heures précises.

— Allons-y, dit Estrella, on a exactement deux heures pour trouver ce qu'on veut, ce dont on a besoin, et ce dont on ne peut absolument pas se passer.

Cassie hoche la tête et replace l'étroit bandeau qui

retient sa masse de boucles. Elle a l'impression qu'il va céder, mais elle l'adore; c'est un ruban vert luisant qui chatoie dans ses cheveux. Il n'y a qu'à Estrella qu'elle a avoué avoir été inspirée par Victoria, qui porte parfois des bandeaux. Même le plus ordinaire des bandeaux est déjà cent fois mieux que ces affreux chouchous.

Cassie agrippe le bras d'Estrella, et les deux amies se dirigent vers l'entrée. Elles franchissent les portes vitrées et étincelantes et, comme d'habitude, Cassie en a le souffle coupé. Elle adore voir la mode s'exprimer de mille et une façons sous un même toit.

— C'est parti! dit-elle.

Elles vont tout droit chez Patagonia. Cassie a repéré un sac à dos génial sur le site Internet du magasin. Il existe en bleu sarcelle, mais puisqu'elle est en pleine remise en question vestimentaire, Cassie n'est pas sûre qu'elle devrait l'acheter. En guise de compromis, Estrella opte pour le bleu sarcelle, tandis que Cassie choisit le vert. Celle-ci achète également un adorable petit sac argenté. Elle sait qu'elle aurait dû se procurer quelque chose d'un peu plus pratique, mais qui peut résister à l'argenté?

Elles sortent de chez Patagonia avec leurs sacs, des tas de chaussettes chaudes, des gants pour le soir et de l'insectifuge au parfum de citron. Maintenant, Cassie et Estrella en sont à l'étape la plus redoutable : les jeans. Cassie se dirige vers la section des jeans mode, mais Estrella l'arrête net.

— Non. Pas question de porter des jeans super chers

pour aller camper, dit Estrella avec sérieux.

— Mais pourquoi pas?

— Parce qu'on s'en va faire du camping, Cassie. Sois réaliste.

Cette dernière fronce les sourcils.

Estrella sait bien qu'il n'y a qu'une façon de la dérider. Elle lui fait son imitation d'un styliste bien connu à la télé :

— Cassie, j'ai bien peur que tu n'aies pas beaucoup réfléchi. Puisque tu pars en camping, ton jean devrait être un peu moins mode et un peu plus pratique, d'accord?

Cassie rit.

— D'accord. On y va!

Estrella glousse et prend la main de Cassie, la guidant vers la section des jeans bon marché. Cassie sait bien que c'est pour ça qu'elles forment une équipe du tonnerre quand vient le temps de magasiner. Cassie est extrêmement intuitive. Mais Estrella? C'est un parfait esprit scientifique. Où qu'elles soient, elle sait comment trouver les meilleurs vêtements. Elle retire trois différents jeans des tablettes.

Cassie la suit vers les cabines d'essayage et se retrouve bientôt derrière le rideau à essayer les jeans, hochant la tête au son d'une musique instrumentale ennuyante. Elle n'en croit pas ses yeux : chaque jean lui va à la perfection.

Tournant sur elle-même devant le miroir à trois faces, elle fait gonfler ses cheveux et met son sac neuf sur son dos pour mieux apprécier son nouveau style de campeuse. Jusqu'à maintenant, ça va.

Ravies, Cassie et Estrella sortent des cabines d'essayage quelques minutes seulement avant l'heure où elles doivent rejoindre leurs mères au bar laitier.

Cassie doit pratiquement garder les yeux au sol alors qu'elles traversent le rayon des cosmétiques. Il n'y a rien de tel que du brillant à lèvres ou un fard à paupières chatoyant pour rendre Cassie heureuse. Elle fait de son mieux, mais elle est incapable de résister. Elle lève la tête et aperçoit les comptoirs étincelants où sont étalées les couleurs, et son cœur se met à battre plus vite.

Estrella devine aussitôt ce qui se passe.

— Cassie, on n'a pas le temps d'aller chercher du brillant à lèvres!

— On a toujours le temps pour du brillant à lèvres!

Et sur ces mots, elle se précipite vers le comptoir voisin, Estrella sur ses talons.

Cassie repère immédiatement celui qui lui plaît . Elle n'en revient pas de la chance qu'elle a! Sa trouvaille tombe à point! Là, sous ses yeux, se trouve un présentoir de brillants à lèvres. Et la couleur vedette?

Pot de miel!

— Estrella! Regarde ça!

Celle-ci est en admiration devant un autre présentoir, mais elle lève les yeux au moment où Cassie lui montre l'adorable petit bâton de brillant à lèvres.

Estrella examine l'étiquette.

— Attends... Pot de miel? Vraiment? demande-t-elle.

— Je sais. Il est parfait pour aller camper! Il me le faut. Ça complétera ma nouvelle allure de campeuse.

— Absolument! approuve Estrella.

Tout en essayant le brillant à lèvres devant le miroir, Cassie jubile. Elles ont réussi à créer un style de campeuse chic en moins de deux heures. Sans oublier le brillant à lèvres.

Ce ne sont pas les bestioles et le saut à l'élastique qui les arrêteront maintenant.

CHAPITRE 4

Prêtes? Partez!

Le grand jour est enfin arrivé. Cassie va devoir dominer ses peurs et ses inquiétudes, et monter dans l'autobus pour la Pinède. À son réveil, elle est à la fois nerveuse et excitée. On a toujours hâte de vivre de nouvelles aventures, et celle-ci représente un véritable défi. Bien sûr, son déménagement de Vancouver en Ontario constituait déjà un exploit, mais elle a survécu. Ça ne peut quand même pas être aussi terrible d'aller camper, non?

Elle prend tout son temps pour se préparer ce matin. Il s'écoulera quelques jours avant qu'elle puisse de nouveau prendre une douche dans sa propre maison!

Elle utilise d'abord son délicieux shampoing pour cheveux roux, faisant même deux shampoings et laissant la mousse reposer sur ses boucles rousses. Après le rinçage, elle applique une grosse noisette de fortifiant. Ses pauvres cheveux en verront de toutes les couleurs là-bas, dans la forêt! Et bien qu'il ne figure pas sur la liste des articles à emporter, Cassie décide de glisser son revitalisant en atomiseur dans ses bagages. On ne peut quand même pas lui demander de laisser la nature s'attaquer à ses cheveux… comme un ours s'attaquerait à leur campement.

Elle a beau essayer, parfois elle est incapable d'empêcher de telles pensées de s'immiscer dans son esprit. Cependant, elle fait de son mieux pour les chasser tout en enroulant une serviette autour de ses cheveux.

En entrant dans sa chambre, elle prend soudain conscience qu'elle s'ennuiera loin de chez elle. Ce sera la première fois qu'elle quittera sa nouvelle maison. Elle a passé la nuit chez Estrella à plusieurs reprises, mais il s'agit cette fois de trois journées entières. Elle n'en revient pas à quel point elle s'est attachée rapidement à son nouveau domicile. Elle a l'impression qu'elle commence à peine à se remettre de son déménagement, et voilà que sa nouvelle maison lui manque déjà!

Elle enfile un polo à manches courtes bleu sarcelle tout à fait adorable. Si ce haut ne parvient pas à résoudre sa crise vestimentaire une fois pour toutes, rien n'y parviendra! Il est doté de trois jolis boutons à l'encolure et présente un charmant imprimé à motifs de petites fleurs. Un savant mélange de sobriété et d'impertinence. Pour compléter son habillement, Cassie opte pour son confortable jean tout neuf. C'est la tenue parfaite pour se rendre à la Pinède. Elle décide même de porter ses bottes de randonnée neuves pour le trajet en autobus. Les bottes étaient arrivées par la poste. Elles allaient si bien à Cassie que celle-ci et sa mère n'en croyaient pas leurs yeux.

Cassie prend ses sacs et descend à pas pesants pour aller déjeuner avec Patricia et Paul, ses parents, avant de partir à l'école. C'est plutôt chouette de manquer trois jours de classe pour faire un voyage. Cassie s'efforce de se concentrer sur ce qu'elle trouve excitant.

Patricia dépose des crêpes dans une assiette au moment où Cassie entre dans la cuisine.

Paul baisse son journal.

— Bonjour, Dumbo! dit-il en riant.

— Il va falloir que je m'habitue à marcher avec ces bottes-là!

— Oh, chérie! Nous aurions dû songer à te les faire porter un peu avant! Tu crois que ça ira? demande Patricia en prenant le sirop dans le réfrigérateur.

Paul se lève pour mettre le couvert.

— Tout à fait! répond Cassie.

Elle se verse un verre de jus d'orange et en avale une grande gorgée.

Patricia place une assiette de crêpes devant Cassie. Cette dernière a un faible pour les crêpes.

— Ce sera une expérience très enrichissante pour toi, dit Paul en tartinant consciencieusement ses crêpes de beurre.

— Je sais, dit Cassie d'un ton excité.

— Je me souviens de mon premier séjour en camping, poursuit Paul. Extrêmement agréable! Il y a tellement à

35

voir et à faire.

— Attends, tu as déjà fait du camping? Pourquoi est-ce qu'on n'y est jamais allés en famille? demande Cassie.

— Parce que j'ai horreur de ça maintenant! Toute cette boue, la randonnée, l'escalade! Ça n'a rien d'amusant! lance Paul en riant.

— Paul, cette sortie la rend nerveuse. Ne la taquine pas! dit Patricia.

La mère de Cassie se lève et ouvre la porte du garde-manger.

Elle en sort une boîte brune.

— Cassie, dit-elle, c'est pour toi.

Le visage de Cassie s'illumine.

— C'est vrai? Qu'est-ce que c'est?

— C'est de la part d'Emma. Elle m'a demandé de te le remettre juste avant que tu partes.

Cassie prend la boîte. Elle lui est adressée, et le cachet de la poste indique qu'elle a été expédiée il y a plus d'une semaine.

— Tu l'as depuis une semaine? demande Cassie d'un air surpris.

Patricia glousse.

– Oui! Je sais très bien garder un secret!

Elle a raison. Cassie s'en est inspiré pour créer la règle suivante :

Règle de vie numéro 66 : Un secret dure toujours.
Il est éternel.

Cassie tire sur le ruban adhésif qui recouvre le dessus de la boîte, prenant garde de ne pas écailler son vernis à ongles. Elle soulève les rabats et sort de la boîte une petite enveloppe. Elle rit en lisant la note qu'Emma a écrite de sa belle écriture :

Je n'ai pas la moindre idée de ce qu'on peut faire avec ce truc. Mais toute campeuse digne de ce nom se doit d'en posséder un. XO! Emma!

Cassie décolle le sceau de l'enveloppe et regarde à l'intérieur. La plus mignonne petite chose violette scintille au fond de l'enveloppe. Cassie s'en empare et l'examine. C'est un mousqueton, sorte de crochet en métal utilisé pour l'escalade. Cassie en a vu dans le catalogue d'une boutique de plein air. Celui que lui a offert Emma, quant à lui, est recouvert de superbes cristaux fuchsia. Un vrai bijou!

— Comme il est beau! s'exclame Patricia.

Paul se met à rire.

— Il n'y a que ma fille pour avoir un équipement de camping orné de brillants!

Patricia et Cassie déclarent en chœur :

— Incrusté de brillants.

Elles échangent un regard et s'esclaffent.

— Allez, Cassie, dit Paul, mange pendant que je m'occupe d'y accrocher tes clés.

— Merci! fait-elle en passant son cadeau à Paul, le cœur débordant d'amour fuchsia.

Elle n'a pas encore terminé son déjeuner qu'il est déjà temps de partir. Cassie embrasse Patricia, puis Paul l'aide à porter ses bagages jusqu'à la voiture.

Durant le trajet vers l'école, Cassie sort son cellulaire de son sac et remercie Emma pour son cadeau fabuleux.

UN GROS MERCI!! TU ES LA MEILLEURE DES AMIES! XO

Cassie sourit. Elles ont eu une longue conversation au téléphone hier soir, et Emma n'a pas soufflé mot de la surprise! Cassie ne sait pas ce qu'elle ferait sans elle. Elle va suivre les sages conseils d'Emma et passer un excellent séjour en camping.

Lorsque Paul s'engage dans l'allée de l'école des Saules, Cassie aperçoit immédiatement le gros autobus scolaire jaune où ses camarades de classe et elle s'entasseront.

Avant qu'elle descende de la voiture, Paul pose une main sur son épaule.

— Cassie, commence-t-il d'un air sérieux, ta mère et moi sommes très fiers de toi, ma chérie. Tu t'amuseras beaucoup.

Cassie sourit.

— Je sais. Merci, papa.

Il y a certains moments où il fait bon appeler ses parents « maman » et « papa ». Comme maintenant.

— Et tu sais, si c'est vraiment horrible, et si tu veux rentrer à la maison, tu peux le faire. Il n'y a rien de mal à se montrer indulgent envers soi-même.

Il a raison. Cassie le sait bien. Pourtant, elle n'a pas l'intention d'abandonner. Elle va profiter de l'occasion pour essayer de nouvelles choses et peut-être même les apprécier.

Ils s'étreignent et Cassie descend de la voiture. Paul porte son sac.

— Fais bien attention à toi, O.K.? dit Paul en l'accompagnant jusque devant la porte.

Il jette un coup d'œil vers l'autobus scolaire.

— C'est ce vieil engin qui vous emmène au camping? demande-t-il.

— Je crois, oui.

— Dans ce cas, ne t'inquiète pas. Vous allez tomber en panne avant même d'arriver là-bas!

Ils rient tous les deux.

Paul lui tend son sac à dos, et Cassie le saisit par la poignée du haut, contente de ne pas avoir apporté trop de choses. Une fois qu'elle l'a mis sur son dos, Paul lui remet son mousqueton. Cassie fixe l'objet d'un air ébahi, ne sachant trop quoi en faire. Paul désigne sa ceinture.

— Oh! Chouette! dit Cassie en l'accrochant à la boucle de sa ceinture.

Paul secoue la tête en regardant sa fille et sourit.

— Cassie, amuse-toi bien!

— Promis. Merci!

Cassie dépose un baiser rapide sur sa joue et fait demi-tour. Avec ses nouvelles bottes et le poids de son sac, elle est surprise de ne pas tomber par terre. Elle se dirige vers la classe de Monsieur B. pour rejoindre les autres.

Lorsque vient le moment de monter dans l'autobus, Cassie a déjà mangé une barre de céréales et quelques poignées d'un mélange de fruits secs, en plus d'avoir partagé une bouteille de boisson énergisante avec Estrella. La bouffe de camping est délicieuse!

Tout le monde est d'humeur joyeuse et bavarde. Victoria et sa mère se tiennent côte à côte près de la porte de l'autobus et saluent chaque campeur. Victoria présente chaque élève à sa mère; Cassie est terrifiée à l'idée que Mme Jeanson se montre super méchante envers elle.

Au moment où Cassie et Estrella atteignent le début de la file, Victoria hésite un instant avant de faire les présentations.

Cassie constate avec étonnement que Mme Jeanson porte un jean mode et un chemisier safari très chic. Elle s'est même maquillée! Ni trop, ni trop peu, mais elle sait exactement comment faire ressortir ses yeux! Ses cheveux sont noués sur sa nuque en une torsade parfaite.

— Voici Estrella et Cassie, dit Victoria dont le sourire s'efface aussitôt. Cassie est la fille de Vancouver dont je t'ai parlé, ajoute-t-elle avec une lueur de méchanceté dans les yeux.

Cassie hoche la tête et sourit, tremblant presque dans ses bottes. Elle serre la main de Mme Jeanson.

— Ce voyage ne devrait te poser aucun problème, n'est-ce pas? questionne Victoria.

— Qu'est-ce que tu veux dire? demande Cassie en faisant un gros effort pour sourire.

— Je me suis dit que, puisque tu venais de l'Ouest et tout, tu devais avoir l'habitude des chevaux, des rodéos et des trucs de ce genre. Le camping ne devrait pas te faire peur, n'est-ce pas? dit Victoria.

— En fait, je ne suis jamais montée à cheval, déclare Cassie.

— Oh! Je croyais que tu en faisais parce que tu portes souvent des bottes de cow-boy, ajoute Victoria.

— Je porte des bottes de cow-boy parce qu'elles sont à la mode, et non parce que je viens de l'Ouest, dit Cassie qui sent son sourire s'effacer et faire place à une mine renfrognée.

— Tu es la jeune fille du défilé de mode? demande alors Mme Jeanson.

Cassie a une boule dans la gorge.

Une énorme boule.

Même avec tout le souci qu'elle s'est fait, Cassie n'avait pas songé à quel point ce moment serait embarrassant.

À l'instant où elle s'apprête à répondre, M. Bournival s'approche. Il porte un jean délavé, un chandail à fermeture éclair et des bottines en suède brunes à larges lacets rouges. Cassie a vu tous ces gens vêtus de leurs plus beaux atours lors du défilé de mode, et elle a l'impression qu'elle les verra sous un tout autre jour à la Pinède!

— Alors, excitées? demande M. Bournival.

Victoria répond sans tarder :

— J'ai tellement hâte! J'espérais que nous pourrions parler en privé dans l'autobus; c'est au sujet de la fête qui aura lieu le dernier soir.

Cassie se demande à quoi ressemblera cette fête. Dans un élan d'enthousiasme, elle a même glissé une paire de jolis escarpins dans son sac à dos en prévision de cette soirée.

— Bien sûr, Victoria, dit Monsieur B. Prenons d'abord la route, puis on en discutera. On se revoit dans l'autobus!

Il longe la file pour saluer les autres élèves.

— À tout à l'heure! lance Victoria.

Cassie et Estrella montent dans l'autobus et s'installent dans la septième rangée, à droite. Estrella s'assoit près de la fenêtre, comme toujours, à cause de ses cheveux droits. Si Cassie en faisait autant, sa crinière bouclée deviendrait vite impossible à maîtriser!

— Il s'en est fallu de peu, souffle Cassie en faisant allusion à la conversation qu'elle a eue avec Victoria et sa mère.

— Tu peux le dire! Je ne savais pas quoi dire quand elle t'a posé cette question au sujet du défilé de mode! réplique Estrella.

En se glissant sur la banquette, Cassie aperçoit Jonah et Émile Goulet assis à l'arrière. Elle est sur le point de les saluer, mais Estrella l'arrête, lui agrippant la main avant même qu'elle ait pu amorcer son geste!

— Hé! proteste Cassie d'une petite voix aiguë. Qu'est-ce que tu fais?

— Chut! siffle Estrella en la forçant à s'asseoir. Ce n'est rien! Seulement, je ne veux pas qu'ils nous parlent. Jonah me tape royalement sur les nerfs.

Elle retient son souffle et lisse ses cheveux.

— Je voulais juste les saluer, dit Cassie en s'assoyant. Ce que tu peux être bizarre parfois!

— Parce que c'est moi la plus bizarre de nous deux? demande Estrella en fixant Cassie d'un air narquois.

Tandis qu'elles finissent de s'installer, la TGD monte dans l'autobus. Comme d'habitude, elle porte un tailleur; aujourd'hui, elle a opté pour le beige. Cassie se demande comment seront ses tenues de camping.

Mme Royer tape trois fois dans ses mains pour attirer l'attention des élèves. Aussitôt, le silence se fait, et la directrice s'éclaircit la voix.

— Chers élèves de l'école secondaire des Saules! Comme cette journée est spéciale! Une merveilleuse expérience vous attend et vous permettra de découvrir les joies de la nature. Gardez l'esprit ouvert, la tête haute, et entraidez-vous!

Elle sourit à tous les élèves, et Cassie lui sourit à son tour. Elle ne saurait expliquer pourquoi, mais les discours de la TGD la bouleversent toujours. Elle commence à applaudir, et tout le monde en fait bientôt autant.

— Bonne chance à vous tous!

La directrice se retourne et remercie Mme Jeanson et M. Bournival. Et sur ces mots, elle descend de l'autobus et se dirige vers l'école.

Cassie dévisage Estrella.

— Attends... La TGD ne vient pas?

— Bien sûr que non. Jamais elle n'irait camper, dit Estrella en roulant les yeux.

Cassie regarde par la vitre, le cœur serré, tandis que la directrice entre dans l'école.

Victoria et sa mère se placent alors dans l'allée à l'avant de l'autobus, attendant de s'adresser aux élèves.

— Votre attention, s'il vous plaît! lance Victoria après s'être éclairci la voix.

Sa queue de cheval se balance derrière elle.

— Je crois que la plupart d'entre vous connaissent ma mère. Elle agira comme parent accompagnateur durant ce voyage.

Mme Jeanson sourit poliment et esquisse un petit signe de la main.

Victoria poursuit :

— Et comme vous le savez, c'est moi qui suis la responsable du groupe.

Elle sourit. Tout le monde la fixe, le regard vide.

— Donc, si vous avez des questions, n'hésitez pas à

nous les poser! Merci!

Les élèves applaudissent; Cassie se joint à eux avec un sourire forcé.

L'autobus démarre et, bientôt, les voilà qui s'enfoncent dans la forêt ontarienne, se rapprochant peu à peu de l'aventure qui les attend.

Cassie et Estrella ont apporté du travail à faire durant le trajet. Elles doivent s'attaquer à la section des sports de l'album-souvenir. Elles ont imprimé les planches contacts et les feuillettent.

Cassie examine les photos, marquant d'un crochet celles qui, selon elle, sont dignes d'intérêt. Elle sourit en apercevant la photo de Marjorie St-Maurice au sommet d'une pyramide exécutée par l'équipe de gymnastique. Il faut qu'elle montre ça à Estrella.

— Regarde! dit-elle en poussant son amie du coude.

Cette dernière ne bouge pas. Elle reste là, le regard fixe et les yeux plissés. Cassie se penche pour voir ce qui a capté l'attention d'Estrella. C'est une planche contact sur laquelle figurent des photos de Jonah, d'Émile et du reste de l'équipe de soccer quittant le terrain au pas de course; à voir leurs sourires, Cassie est convaincue qu'ils ont gagné. Elle ne peut s'empêcher de sourire aussi en les regardant.

— C'est une magnifique photo! s'exclame-t-elle en la désignant.

Estrella sursaute.

— Quoi? Oh, oui. Elle est réussie.

Elle tourne rapidement la page.

45

— Est-ce que ça va? demande Cassie.

— Oui, bien sûr, murmure Estrella en passant sa main sur ses cheveux châtains lisses.

Elle ne fait cela que lorsqu'elle est nerveuse.

Hum? se dit Cassie. *Qu'est-ce qui se passe ici?* Estrella serait-elle amoureuse? Cassie a la certitude que son amie n'a pas le béguin pour Jonah. Pour Émile Goulet, peut-être...

— Es, qu'est-ce qu'il y a? C'est une excellente photo.

Cassie a bel et bien remarqué qu'Estrella se comporte de façon un peu étrange lorsque Jonah et Émile sont à proximité.

— Rien, répond Estrella. Mais tu as raison, c'est une bonne photo. Nous devrions la recommander pour la double page des sports.

Cassie hausse un sourcil.

Estrella toussote.

— Maintenant, reprenons le travail, dit-elle dans un effort évident pour paraître professionnelle.

— D'accord, dit Cassie doucement.

Mais elles reprendront cette discussion, foi de Cassie!

CHAPITRE 5

Au cas où?!

Après avoir roulé durant trois heures dans l'épaisse forêt, l'autobus franchit enfin les grilles de la Pinède. Cassie s'empare aussitôt de son cellulaire. Elle a dit à Emma qu'elle lui enverrait un message texte à son arrivée. Mais lorsqu'elle regarde son téléphone, elle constate avec étonnement qu'il n'y a aucun signal de réception. Rien. Pas la moindre petite barre!

Qui peut m'entendre maintenant?

Cassie se penche vers Estrella.

— Il n'y a aucun signal de réception ici! chuchote-t-elle.

Estrella sort son cellulaire de sa poche.

— Tu as raison. Ça alors, nous sommes vraiment au milieu de nulle part, n'est-ce pas? dit-elle en jetant un coup d'œil par la vitre.

Cassie n'en revient pas. PAS DE SIGNAL? Elle en a la chair de poule.

Elle décide d'éteindre son téléphone et de le ranger. Elle n'y peut rien pour l'instant, de toute manière. Elle regarde par la vitre au moment où l'autobus pénètre sur le terrain de la Pinède. Le paysage est splendide, avec tous ces grands arbres qui s'élèvent vers le ciel et ces routes de terre battue. La lumière du soleil filtre entre les branches, et Cassie n'a jamais vu un jaune aussi chaleureux. Tandis que l'autobus serpente sur la route en terre, Cassie entend des oiseaux gazouiller partout aux alentours.

— C'est vraiment superbe ici! dit-elle à Estrella.

— Tout à fait, approuve cette dernière, le visage pressé contre la vitre pour ne rien manquer.

L'autobus s'immobilise devant un grand bâtiment blanc en bois orné d'un écriteau peint à la main sur lequel on peut lire : PAVILLON PRINCIPAL.

M. Bournival se lève et s'adresse aux élèves.

— Bienvenue à la Pinède! dit-il avec enthousiasme. Prenez une minute pour rassembler toutes vos affaires avant de descendre. Jetez un coup d'œil autour de vous pour ne rien oublier, puis nous nous dirigerons vers le pavillon principal. On vous a réservé un accueil spécial, et notre aventure débutera immédiatement.

Puis c'est au tour de Victoria et de sa mère de prendre la parole.

— O.K., tout le monde, placez-vous deux par deux. Comme vous êtes 24, ça tombe pile; vous n'avez qu'à rester avec la personne qui est assise à côté de vous, dit Mme Jeanson en promenant son regard sur les bancs pour s'assurer que tous les élèves ont un partenaire.

Cassie se tourne vers Estrella et sourit. Quel est donc cet accueil qu'on leur a réservé? Cassie espère qu'il s'agit d'un barbecue. Elle imagine des hamburgers, des hot dogs et de la salade de chou, et peut-être même des nappes à carreaux rouges!

— Bon, allons-y! dit Victoria avec enthousiasme.

Elle brandit son poing droit dans les airs, virevolte et descend les marches de l'autobus en bondissant. Cassie ne l'a jamais vue aussi excitée.

Pendant qu'elles attendent leur tour pour descendre, Cassie sort son miroir de poche pour vérifier ses cheveux et son brillant à lèvres. Elle est sur le point de faire de nouvelles connaissances, et elle veut être à son avantage.

Nouvelle règle de vie!!! Il faut redoubler d'efforts pour être jolie en camping!

— Hé, Cassie, dit Jonah derrière elle.

Cassie se retourne.

— Oui? répond-elle d'un ton hésitant, sachant très bien qu'il s'apprête probablement à la taquiner.

C'est toujours comme ça avec Jonah.

— Tu sais, tu n'as pas besoin de rouge à lèvres en camping.

Il sourit tout en disant cela, et Cassie voit bien que c'est sans méchanceté.

49

Elle rit.

— Hum, premièrement, monsieur je-sais-tout, il s'agit de brillant à lèvres, fait-elle remarquer. Et deuxièmement, c'est mon nouveau brillant à lèvres!

Elle retourne le petit contenant pour lui montrer le nom.

— Pot de miel!

Jonah et Émile sont pris d'un fou rire.

— Quoi? demande Cassie, sachant très bien que sa réplique n'était pas si drôle que ça.

— Je ne porterais pas quelque chose qui s'appelle « pot de miel » en pleine forêt; les ours raffolent du miel, dit Jonah.

Cassie reste perplexe.

Tandis que les garçons continuent de rigoler, elle roule les yeux et se tourne vers Estrella, qui a déjà mis son sac sur son dos. C'est alors que Cassie a la vision d'une grosse maman ourse l'attaquant pour mieux enduire ses lèvres sèches de délicieux brillant à lèvres. *Aaaah!*

Devant eux, la file de campeurs commence à descendre de l'autobus. Estrella avance.

Cassie met rapidement son sac sur son dos et attache la courroie autour de sa taille sans le moindre embarras. Elle sourit fièrement, puis se souvient qu'elle a un autre petit sac à transporter.

Tout à coup, elle se dit que c'était bête d'apporter deux sacs en camping.

Même chose pour le brillant à lèvres « pot de miel »!

Une fois qu'ils sont tous rassemblés dans le pavillon principal, les élèves font la connaissance de Christian Sanscartier, le moniteur en chef. Il a les cheveux gris et des lunettes rondes, et Cassie lui trouve une certaine ressemblance avec son grand-père. Il porte un pantalon cargo et une épaisse veste molletonnée bleue ornée d'une montagne brodée sur la manche. Il a l'air très énergique et dynamique, et Cassie se sent rassurée en sa présence.

Christian commence son discours en applaudissant et en criant :

— Bienvenue, chers campeurs!

Il explique ensuite que tout le groupe sortira de cette expérience avec une meilleure connaissance de soi.

— La première chose que je tiens à vous dire, c'est d'être prudents pendant votre séjour. Il est très important que vous nous écoutiez très attentivement, les autres moniteurs et moi.

Tout le monde hoche la tête avec sérieux, y compris Cassie.

— N'oublions jamais que nous sommes au cœur de la forêt et qu'il y a des animaux sauvages, ici. Et cela inclut les ours noirs.

La gorge de Cassie se serre.

— De plus, il n'y a qu'ici, au pavillon principal, que nous avons l'électricité. Une fois que nous aurons marché jusqu'au campement, vous n'aurez que du feu pour vous éclairer la nuit venue. Il ne faudra donc pas vous éloigner.

— Un dernier conseil, ajoute Marie-Pier, l'une des monitrices. Restez en groupe. Plus on est nombreux, moins il y a de danger.

Elle porte une tenue semblable à celle de Christian, sauf que sa veste est vert foncé.

Cassie change de position, car son sac se fait lourd. Elle est impatiente de le déposer. Soudain, tout cela lui semble si réel. Trop réel, peut-être.

Christian leur fait visiter rapidement le pavillon principal et leur annonce qu'ils reviendront tous ici pour la fête qui aura lieu la veille de leur départ. Il mentionne également que si l'un des campeurs a besoin de soins, il sera amené au pavillon principal.

Cassie doit se retenir pour ne pas demander si cela arrive souvent. Elle prend plutôt la main d'Estrella et la serre.

Celle-ci fait de son mieux pour calmer Cassie.

— Aucun problème, articule-t-elle en silence.

— Maintenant, suivez-moi, dit Christian. Nous allons commencer notre première randonnée à pied qui nous mènera au campement. Je veux que vous preniez tous une bouteille d'eau et deux barres de céréales sur la table avant de sortir, et que vous les mettiez dans vos sacs à dos.

Il désigne une table près de la porte.

— S'il vous plaît, ne buvez pas trop d'eau et ne mangez pas les barres. Sinon, vous pourriez souffrir de crampes. Gardez-les dans vos sacs, au cas où.

Au cas où?! Cassie n'en croit pas ses oreilles. Une randonnée? Déjà? Ne sont-ils pas là pour apprendre à faire de la randonnée? Peut-être qu'elle n'est pas prête pour ça. Quelqu'un l'est-il? Elle observe les élèves autour d'elle pour repérer les visages terrifiés, mais tous paraissent contents. Comment se fait-il qu'ils ne soient pas tous paniqués?

Au cas où quoi?!

Le regard de Cassie croise celui de Victoria, qui se tient près de sa mère, rayonnante. Les bras croisés, elle hoche la tête d'un air très sérieux, approuvant tout ce que dit Christian.

Lorsqu'elle s'aperçoit que Cassie la fixe, ses yeux s'agrandissent et un petit sourire satisfait se dessine sur ses lèvres. Elle semble trouver la situation très amusante, convaincue que la fille de Vancouver ne survivra jamais à ce genre d'aventure.

L'ennui, c'est que cette fois, Cassie se demande si Victoria n'a pas raison.

CHAPITRE 6

L'aventure avec un grand A

Les premières minutes de randonnée ne sont pas trop pénibles. Si Cassie fait la sourde oreille à toutes les choses terrifiantes auxquelles Christian et les autres moniteurs font allusion, comme les baies vénéneuses qu'ils croisent en chemin, tout va bien. Mais pourquoi voudrait-on faire de la randonnée et dormir dans un endroit où il y a du poison et des animaux sauvages? Et pourquoi voudrait-on même parler de ce genre de choses?

Cassie garde la tête baissée tandis qu'ils avancent sur le sentier. Elle marche à pas pesants, ses bottes lui donnant toujours l'impression d'être trop lourdes. Estrella se trouve juste devant elle, et Cassie suit le moindre de ses pas, enjambant des racines, contournant des buissons et traversant des flaques.

Au bout d'une demi-heure, Cassie prend de l'assurance et accélère le rythme. Elle contemple le feuillage vert luxuriant qui les entoure, ainsi que les magnifiques oiseaux qui vont et viennent rapidement d'un arbre à l'autre. Le groupe ralentit et s'arrête enfin tout près d'un large ruisseau. Cassie trouve le clapotis de l'eau qui coule sur les rochers très relaxant.

Christian et M. Bournival rassemblent tout le monde au bord de l'eau.

— C'est tellement joli... dit Cassie à Estrella.

— Je sais! approuve celle-ci en fixant l'eau.

— Très bien, écoutez, tout le monde, commence Christian, sa voix se perdant presque dans le gazouillis du ruisseau. Nous sommes maintenant à une vingtaine de minutes du campement.

Une vingtaine de minutes? Ce n'est donc pas ici qu'on campe? se dit Cassie, ses sacs lui paraissant de plus en plus lourds à chaque seconde qui passe.

En la voyant aux prises avec ses sacs au pavillon principal, Christian a aidé Cassie à accrocher le petit au plus gros, utilisant son nouveau mousqueton incrusté de brillants.

—Oh, génial! C'est donc à cela que ça sert? a demandé Cassie.

Christian a ri.

— Je n'en ai jamais vu de pareil, a-t-il fait remarquer en attachant les sacs.

— Il est unique!

Christian lui a mis les sacs sur le dos.

—Eh bien, ça convient parfaitement à une jeune fille unique, a-t-il ajouté en riant. Mais personne ne t'a donc dit de n'apporter qu'un sac? a-t-il demandé d'un air entendu.

— Pour être honnête, Christian, a répondu Cassie poliment, c'est une chance que je n'en aie pas apporté quatre comme je voulais le faire au début.

— Très juste!

Christian s'adresse maintenant au groupe.

— Afin d'accéder au campement, nous devons traverser ce cours d'eau, explique-t-il en montrant le ruisseau derrière lui par-dessus son épaule. Vous avez deux choix : vous pouvez le franchir en marchant avec précaution d'une pierre à l'autre, ou vous pouvez grimper là-dessus, à un mètre et demi de hauteur, et traverser, dit-il en désignant un gros tronc d'arbre tombé au-dessus du cours d'eau.

Cassie est persuadée qu'elle va s'évanouir. Les deux options lui paraissent terrifiantes! Elle respire à fond et lève la main. En l'apercevant, Christian hoche la tête.

— Nous avons une question de la part de la fille aux deux sacs à dos.

Il rit doucement de sa propre blague, et tout le monde l'imite.

Super, pense Cassie.

De nouveau, elle respire à fond.

— J'aimerais savoir si vous recommandez une façon plutôt qu'une autre.

— C'est une excellente question. Cependant, je n'y répondrai pas. Ici, à la Pinède, vous devez tous prendre ce genre de décisions seuls.

Vraiment super. Cassie a l'habitude de prendre des décisions seule. Mais pas des décisions impliquant la vie ou la mort!

Christian poursuit :

— Si vous décidez de traverser en passant sur les roches, sachez qu'elles sont glissantes et qu'il vous faudra redoubler de prudence. En revanche, l'eau n'est pas très profonde à cet endroit. Vous aurez de l'eau jusqu'aux genoux. Le courant est assez fort et pourrait vous faire perdre l'équilibre.

Il s'arrête un instant et rit.

— Et préparez-vous à une baignade glacée si vous tombez.

Cassie se penche vers Estrella.

— C'est censé être drôle? demande-t-elle tout bas.

Christian continue :

— Dans le cas de l'arbre...

Il s'arrête et lève les yeux vers le long tronc d'arbre massif au-dessus de l'eau.

— Comme il n'est pas très étroit, vous pourrez y circuler facilement. Mais vous devrez transporter vos sacs et garder l'équilibre. Il y a une corde au-dessus à laquelle vous pourrez vous accrocher.

Un frisson parcourt le dos de Cassie. *Grimper sur cette chose, accrochée à une corde et suspendue à des kilomètres du sol? Non merci!*

Elle lève la main encore une fois. Christian s'interrompt et sourit.

— Oui?... dit-il, attendant de toute évidence qu'elle

lui dise son prénom.

— Cassie, dit cette dernière d'un ton ferme.

— Oui, Cassie?

— Y a-t-il d'autres possibilités?

Elle blague, bien entendu, mais elle doit tenter sa chance au cas où.

Christian s'esclaffe, et tout le monde rigole autour d'elle.

— Non, il n'y en a pas. Mais laissez-moi vous dire une chose : toutes les options que nous vous présentons sont sans danger. Il s'agit de méthodes qu'un grand nombre de personnes ont expérimentées avec succès. Le personnel est là pour vous aider, alors n'hésitez pas à le solliciter.

Christian sourit.

— Une fois que vous aurez pris votre décision, mettez-vous en rang. Ceux qui choisissent l'eau, ici, dit-il en pointant derrière lui. Ceux qui optent pour le tronc, là.

Il indique un endroit devant l'arbre où Marie-Pier se tient déjà.

Rapidement, le groupe se divise. Cassie est étonnée de voir à quel point la décision semble facile pour la plupart des campeurs.

Estrella se penche vers Cassie. Elle est l'une des rares personnes à savoir que Cassie a le vertige. Sa peur n'est pas totalement incontrôlable, mais elle est suffisamment intense pour qu'il soit hors de question que Cassie passe sur ce morceau de bois sur la pointe des pieds.

— Je ferai ce que tu voudras faire.

Cassie sait bien qu'Estrella restera à ses côtés jusqu'au bout, mais elle tient à ce que son amie prenne sa propre décision.

— Je crois que tu devrais choisir l'arbre si tu en as envie. Sérieusement. Moi, j'opte pour l'eau, dit-elle.

— Non! Je choisis l'eau aussi, s'exclame Estrella en bonne amie loyale.

— Es, tu as défrisé tes cheveux ce matin. Je te connais. Tu vas piquer une crise si tes frisottis réapparaissent aussi tôt durant le voyage.

Cassie s'inquiète également pour ses cheveux, mais elle va devoir oublier ça pour l'instant. Des deux choix qu'on leur propose, l'eau est la seule option pour elle.

— Tu en es sûre? demande Estrella.

— Non. Mais toi, tu l'es?

— Non.

Estrella passe un bras autour des épaules de Cassie et la serre contre elle.

— Je vais te surveiller de là-haut! dit-elle.

— Contente-toi de regarder où tu mets les pieds. Je m'en tirerai très bien!

— O.K.!

Estrella repousse ses lunettes, replace son sac à dos et rejoint le groupe près de l'arbre.

Plantée là entre les deux groupes, Cassie sent tous les regards braqués sur elle. De nouveau, elle respire profondément et se dirige vers le groupe qui traversera dans l'eau. En voyant M. Bournival au début de la file,

Cassie se sent rassurée. L'enseignant lève le pouce en guise d'encouragement.

— Bonne chance, tout le monde! Écoutez les consignes de vos moniteurs, et plus important encore, amusez-vous! dit Christian.

Cassie décide de ne pas tenir compte de ce dernier conseil. Manger des frites en feuilletant des magazines avec Estrella, voilà ce qu'elle appelle s'amuser.

Mais ça? Ça n'a rien d'amusant.

Quelques secondes plus tard, Cassie marche vers le bord de l'eau avec les autres. Elle sent une crampe s'installer dans son mollet et panique un petit peu. Elle est déjà préoccupée par tant de choses. Au même moment, le courant devient plus fort et l'eau coule rapidement devant eux. Elle paraît vraiment froide. De plus, Cassie est convaincue que des tonnes de bestioles vivent dans ce ruisseau. Elle lance un regard vers l'autre groupe, qui s'apprête à grimper sur le tronc. Elle remet sa décision en question durant un instant. Mais non; c'est la voie de l'eau qui lui convient le mieux. Elle envoie des ondes positives à Estrella, puis se concentre sur ce qu'elle doit faire. Si elle veut atteindre l'autre côté du ruisseau, elle devra se calmer et s'appliquer à la tâche.

— Très bien, lance Christian au groupe. S'il vous plaît, traversez avec un partenaire, et restez côte à côte durant toute la traversée. Les pierres sont suffisamment larges pour deux.

M. Bournival laisse passer un certain nombre d'élèves devant lui, jusqu'au moment où Cassie et lui se retrouvent ensemble au bord de l'eau.

— Veux-tu être ma partenaire? demande-t-il.

— Bien sûr! répond Cassie, soulagée d'avoir un adulte avec elle.

— Ça va? demande l'enseignant, le regard vif et bienveillant.

— Ça pourrait aller mieux, je crois. Mais ça va!

Avant que leur tour arrive, Cassie replace son sac à dos et resserre les courroies autour de sa taille. Elle remonte le bas de son jean et le rentre dans ses bottes pour qu'il reste bien au sec.

— Prête? demande M. Bournival.

— Absolument, dit Cassie qui fait de son mieux pour adopter une expression à la fois neutre et intense.

Ensemble, ils font un premier pas. La première pierre semble facile d'accès. Elle est longue et plate et près du bord. Plantant son pied juste au bord de l'eau, là où le sol est un peu mou, Cassie monte sur la pierre avec son pied gauche. Son pied droit glisse légèrement dans la vase, mais se pose bientôt à côté de l'autre.

Cassie lève la tête et constate avec soulagement que tout le monde prend son temps.

— O.K., la suivante maintenant, dit Monsieur B. en regardant devant lui.

Cassie examine la prochaine roche. Elle est un peu plus loin que la première, mais à peine. Elle semble aussi plate que celle sur laquelle ils se trouvent. Toutefois, l'eau la frappe avec plus de force, et il faudra faire attention de ne pas tomber. Cassie prend un moment

61

pour fouiller dans la poche de son blouson à la recherche d'un élastique. Elle doit nouer ses cheveux afin de mieux voir.

— Allons-y, dit Monsieur B.

Il fait un pas en avant et atteint la pierre sans difficulté. Il se tourne vers Cassie.

— C'est plus facile que ça en a l'air!

— Formidable! lui crie-t-elle.

Pourtant, tout n'est pas formidable. Elle a toujours une crampe à la jambe.

Elle s'avance au bord de la pierre et allonge les bras sur les côtés. Elle s'élance, sa jambe droite s'étirant au-dessus de l'eau avant de toucher la pierre. Elle attend juste une seconde, le temps de reprendre son équilibre, et complète son mouvement.

— Ouf! fait-elle joyeusement.

Mais lorsqu'elle lève les yeux vers Monsieur B., ce dernier a l'air soucieux. Il contemple la roche suivante. Celle-ci est vraiment loin! Impossible de l'atteindre en une seule enjambée.

— Comment va-t-on s'y prendre? demande M. Bournival.

— Je ne sais pas. C'est vous, l'enseignant! réplique Cassie, l'estomac noué.

Ils restent là, à fixer l'eau pendant un moment. Ils n'ont pas prêté suffisamment attention aux campeurs qui les devançaient pour remarquer comment ces derniers s'y sont pris.

Alors qu'elle regarde devant elle, Cassie repère une

autre roche, beaucoup plus petite que la première, qui est assurément à leur portée. Elle se trouve sous l'eau, mais pas très profondément.

— Que pensez-vous de cette roche? demande Cassie en désignant sa découverte.

M. Bournival observe la roche.

— Oh, oui! dit-il.

— Mais je ne crois pas qu'elle nous permettra de nous approcher suffisamment, fait remarquer Cassie.

— Peut-être qu'il y en a une autre qu'on ne peut apercevoir qu'une fois là-bas. Je vais jeter un coup d'œil.

Cassie regarde Monsieur B. poser prudemment le pied sur la petite roche. Une fois qu'il y est, l'eau cascadant à ses pieds, il s'écrie :

— Oui! Il y en a d'autres! Viens!

Il fait signe à Cassie de le suivre.

Éprouvant une certaine fierté pendant un instant, Cassie attend que l'enseignant gagne la roche suivante et le suit aussitôt. L'eau court à ses pieds, mais elle est au sec dans ses bottes Rouquine!

Elle passe sur la petite roche avant de rejoindre M. Bournival sur la plus grosse, prête à résoudre la prochaine difficulté.

Quinze minutes – ou cinq roches – plus tard, Cassie et Monsieur B. sont presque parvenus de l'autre côté du ruisseau. Cassie attend que Monsieur B. pose le pied sur la dernière roche. Entendant du bruit au-dessus d'elle,

elle n'en revient pas du spectacle qui s'offre à elle! Des gens marchent sur le tronc d'arbre, les mains au-dessus de la tête, tenant la corde pour mieux garder l'équilibre. Elle cherche Estrella des yeux et la voit qui est presque rendue de l'autre côté. Cassie est persuadée que son amie est demeurée calme et sereine. *Bravo, Estrella! Elle a réussi!*

Cassie reporte son regard devant elle et se concentre. Elle replace son sac à dos encore une fois et fait un dernier pas en avant, touchant enfin la terre ferme! Mais au même moment, l'eau déferle sur la roche avec plus de vigueur que ce à quoi elle s'attendait.

Subitement, avant qu'elle puisse même se rendre compte de ce qui se passe, son pied arrière glisse sur la roche.

Règle de vie numéro 39 : Si ça peut arriver, ça arrivera!

Tout à coup, elle vacille. Alors qu'elle tente de retrouver l'équilibre, son lourd sac à dos l'entraîne vers le sol. Elle tombe brutalement sur le derrière, sur la berge mouillée et vaseuse.

Durant une seconde, elle n'a aucune idée de ce qui lui arrive. Assise dans la boue, abasourdie, elle voit un petit groupe de gens s'approcher. Les moniteurs s'agenouillent auprès d'elle.

Lyne Béliveau, la meilleure amie de Victoria,

accourt.

— Cassie, est-ce que ça va?

Elle n'a rien. Elle est seulement mouillée et sale. Et son jean neuf aussi!

Ne sachant trop que faire, elle se met à rire.

— Je n'ai rien du tout! dit-elle entre deux gloussements.

Les moniteurs l'aident à se relever. Enfin debout, elle regarde les autres campeurs de son groupe et rougis d'embarras.

— Oups! fait-elle.

Personne ne dit quoi que ce soit. Les élèves se contentent de se détourner et d'échanger quelques chuchotements.

Monsieur B. sourit.

— Ça va?

Cassie se demande si des bestioles rampent quelque part sur elle. Elle se frotte un peu partout avec nervosité.

— Ça va.

— Hé, on a réussi! C'est super! dit l'enseignant.

Cassie sourit à son tour. Il a raison. N'empêche qu'elle ne se sent pas très élégante avec son jean couvert de boue.

Elle soupire.

Nature : 1. Cassie : 0.

CHAPITRE 7

Courage!

Cassie fait de son mieux pour garder le moral, même si elle se sent moche dans son jean couvert de boue. Elle continue son chemin, redoutant le moment où son groupe rejoindra celui qui a opté pour le tronc d'arbre. C'est Victoria et sa mère qui sont à la tête de ce groupe, et Cassie ne croit pas qu'elle pourra supporter le moindre commentaire négatif à son sujet.

Les sacs de Cassie se font de plus en plus lourds à chaque pas. Elle doit l'admettre, elle est soulagée de ne pas avoir apporté trop de vêtements ou de magazines. Jamais elle n'aurait pu tout transporter si longtemps!

Alors que le groupe s'engage dans un tournant sur le sentier, Christian prend la parole.

— Nous y sommes presque, dit-il.

Il reste silencieux pendant un instant.

— Et je crois que nous sommes exactement dans les temps puisque j'entends l'autre groupe qui arrive aussi.

Les jeunes se retournent et, en effet, leurs camarades s'approchent d'un pas énergique sur un autre sentier. Lorsque Cassie aperçoit Estrella qui marche non loin derrière Jonah et Émile, elle devine que son amie a dû tenter de les éviter durant tout ce temps.

Ah, cette fille! se dit Cassie en oubliant son jean sale pour la première fois depuis sa chute.

Bien entendu, c'est Victoria qui ouvre la marche, munie d'un bâton qu'elle semble avoir trouvé en chemin.

Cassie se retient pour ne pas lever les yeux au ciel.

Victoria se dirige droit vers elle, écarquillant les yeux à mesure qu'elle approche.

— Alors, comment s'est passée la traversée du ruisseau? demande-t-elle avec un sourire satisfait.

— Très bien! répond Cassie en faisant de son mieux pour paraître enthousiaste.

— Ouais, c'est ce que je vois.

Victoria pose les yeux sur le jean crotté de Cassie.

Estrella surgit derrière elle.

— Hé! dit-elle à Cassie. Tu as réussi! Félicitations!

— C'était super! Enfin, jusqu'à ce que je gâche tout en tombant dans la boue.

Les deux amies éclatent de rire. Victoria reste plantée là, l'œil mauvais. C'est alors que Mme Jeanson les rejoint, l'air préoccupé.

— Cassie! M. Bournival m'a dit que tu étais tombée! Est-ce que ça va, ma belle?

La bonté se lit dans les grands yeux de Mme Jeanson.

Malgré tout, à cet instant précis, Cassie prend conscience de la ressemblance entre Victoria et sa mère.

— Ça va. Merci. Je ne suis pas blessée du tout. Juste un peu sale.

— C'est pour ça que je déteste cette règle qui nous oblige à n'apporter que deux pantalons. C'est beaucoup trop peu pour un voyage de ce genre, dit Mme Jeanson en souriant.

Peut-être que la mère de Victoria est plus gentille que Cassie le croyait.

— Une fois que nous serons tous installés, je pourrai t'aider à nettoyer ton jean, ajoute-t-elle.

Le visage de Victoria est déformé par la colère.

— Maman! Nous aurons des tas de choses à faire en arrivant au campement, et ça te prendra tout ton temps.

Estrella intervient.

— Pas de souci, je donnerai un coup de main à Cassie. Les amis, c'est fait pour ça.

Cassie remercie Mme Jeanson de sa gentillesse. Estrella la prend par le bras et l'entraîne plus loin.

— Je ne sais pas quel est le problème de Victoria par moments, fait remarquer Estrella, mais il faudrait vraiment qu'elle le règle!

Les deux filles rejoignent le reste du groupe et entrent dans le campement. Cassie est étonnée à la vue du site. Bien sûr, elle avait imaginé le pire : des ruches, des ours, de l'herbe à puce, des serpents, etc. Mais ce qu'elle voit est mieux que ce qu'elle avait espéré. Ça n'a rien de chic et on n'y trouve pas les commodités de la maison, mais c'est plutôt joli!

Le site est une grande bande de terre avec des tonnes de grands arbres qui paraissent de plus en plus verts à mesure que Cassie les regarde. Au milieu se trouve un foyer pour la cuisson des aliments, et des tables de pique-nique sont disposées à proximité. L'ensemble dégage un certain charme. Mais le charme est vite rompu lorsque Cassie jette un coup d'œil aux toilettes des filles. Les cabines de douche sont jaunies et d'une propreté douteuse, et elle est convaincue que l'eau sera glacée. Elle n'ose même pas regarder dans les cabinets de toilette.

— C'est bien, dit Estrella de façon aussi convaincante que possible.

— Bon, ce n'est certainement pas Chez Cassie, mais ça fera l'affaire, dit Cassie en serrant la main d'Estrella dans la sienne.

Après que les campeurs ont posé leurs sacs et fait une visite rapide des lieux, Christian leur annonce que l'activité suivante consistera à monter leurs tentes. Il leur explique qu'il est très important d'avoir un endroit où dormir lors de voyages comme celui-ci, et il veut s'assurer qu'ils auront tous un abri le plus tôt possible. Des tentes emballées dans des sacs en nylon sont empilées au milieu du site. Christian en remet une à chaque paire de campeurs. Cassie en a repéré une d'un superbe vert irlandais, et elle est tout excitée lorsque c'est celle-là qu'elle reçoit.

Peut-être que la chance a tourné! se dit-elle.

Lorsque tout le monde a sa tente, Christian et les moniteurs dressent les leurs en expliquant point par point la marche à suivre. Cassie et Estrella écoutent avec la plus grande attention. Cassie tente même d'inventer une petite comptine pour se souvenir plus facilement des différentes étapes. Elle fait toujours ça avec ses devoirs, même si ça représente un véritable défi avec l'algèbre.

La toile de sol empêche les bestioles de me rendre folle…

Les piquets nous retiendraient si on s'envolait…

Une fois la démonstration terminée, Cassie est vraiment impressionnée en voyant les tentes. Elle est impatiente de monter la sienne avec Estrella, et se demande si elles ne pourraient pas faire une sorte de collage de feuilles qu'elles accrocheraient à l'intérieur!

Tous les campeurs forment rapidement des équipes de deux et se dirigent vers les emplacements libres. Lyne et Victoria vont partager la même tente. Mireille et Marjorie se placent juste derrière. Naturellement, Jonah, Émile et les autres garçons s'installent dans leur propre coin. Cassie et Estrella optent pour l'emplacement à côté de celui de Marjorie et Mireille. Elles laissent tomber leurs bagages, soupesant leurs sacs à dos à tour de rôle, car chacune est convaincue que le sien est le plus lourd.

— Ça va, vous deux? demande Marjorie gentiment.

— Je crois, répond Cassie.

Les deux groupes déplient soigneusement leurs tentes, disposant toutes les pièces devant elles. Lorsque tout est déballé, elles se mettent au travail.

Du moins, Cassie et Estrella le voudraient bien…

Mais même si elle récite ses comptines à voix haute, Cassie n'arrive plus à se rappeler ce qu'elles signifient. Estrella ne lui est pas non plus d'un grand secours. Elle reste plantée là, les mains sur les hanches, repoussant ses lunettes sur son nez de temps à autre.

Lorsqu'elles comprennent enfin qu'elles doivent glisser l'arceau dans le côté de la tente, Cassie ne peut empêcher ses pauvres bras fatigués de trembler. Ce n'était vraiment pas de tout repos de traîner son sac à dos! Mais le comble, c'est qu'Estrella est distraite pendant un instant; elle trébuche et tombe sur la tente, qui s'affaisse! Cassie ne le dit pas tout haut, mais elle est soulagée : c'est bon d'être avec quelqu'un qui est aussi maladroit qu'elle!

Une fois remises de leur énorme fou rire, les filles cherchent du regard un moniteur qui pourrait les aider. Pendant qu'elles attendent les renforts, Cassie raconte en détail à Estrella comment elle est tombée un peu plus tôt. Estrella trouve ça tellement amusant qu'elle s'étrangle de rire. Juste au moment où elles sont mortes de rire toutes les deux, Victoria sort de sa tente et vient vers elles.

— Qu'est-ce qu'il y a de drôle? demande-t-elle d'un ton un peu railleur.

— Cassie me racontait une petite mésaventure! répond Estrella.

Cassie sourit en voyant qu'Estrella a préféré ne pas revenir sur sa chute devant Victoria.

— Oh, fait cette dernière en fronçant le nez, tu veux dire quand elle est tombée dans le ruisseau tout à l'heure?

Les rires des deux amies s'arrêtent net. Il est évident que Victoria n'a pas l'intention de se montrer compréhensive.

— Vous savez, poursuit Victoria, c'est du sérieux ici. Et vous ne devriez pas rester là à rigoler. Vous êtes les seules qui n'ont pas encore dressé leur tente, au cas où vous ne l'auriez pas remarqué.

Au moment où Cassie et Estrella croient qu'elle a fini son petit sermon, Victoria ajoute :

— Il va falloir que vous travailliez durant ce voyage. Désolée, mais c'est comme ça.

Victoria replace le capuchon de son chandail, plisse les yeux et tourne les talons.

Tandis qu'elle s'éloigne, Cassie ne sait plus quoi penser. Elle a pourtant fait des efforts. De réels efforts. Mais il faut bien s'amuser un peu en cours de route.

Pas vrai?

CHAPITRE 8

Une question de communication

Ce soir-là, les campeurs assistent à une leçon d'astronomie sous les étoiles. Cassie s'émerveille devant le firmament bleu nuit. Le spectacle est grandiose. Elle n'a jamais vu autant d'étoiles! À Vancouver, on en aperçoit parfois quelques-unes malgré les lumières de la ville, mais c'est une tout autre histoire quand on est assis par terre au milieu de la forêt ontarienne! Pas de doute, c'est encore plus beau que tous les planétariums que Cassie a visités.

Christian leur indique l'Étoile du Nord, la Grande Ourse et la Petite Ourse. Puis au beau milieu d'une phrase, il s'interrompt pour leur montrer une étoile filante. Cassie n'en a jamais vu avant. Elle regrette que son cellulaire ne capte pas le signal de réception, car elle aimerait bien appeler Emma pour tout lui raconter. Elle lui parlerait même de sa chute et de son jean couvert de boue!

Alors qu'elle est assise en silence, Jonah se penche vers elle.

— Hé, Nantais.

— Quoi?

— Ton brillant à lèvres au miel, ça marche? Est-ce que des ours ont déjà essayé de t'embrasser?

Cassie roule les yeux, mais elle devient nerveuse en imaginant un ours noir lui donnant un baiser au beau milieu de la nuit. Est-ce qu'une telle chose peut arriver?

— Laisse-la donc tranquille! dit Estrella en poussant Jonah.

Émile s'approche à son tour.

— Hé, vieux. Écoute un peu, c'est très intéressant, dit-il en pointant l'index vers le ciel. Salut, Estrella, ajoute-t-il en souriant.

Celle-ci ne dit rien. Elle se contente de secouer la tête, comme d'habitude.

— Saviez-vous que « Estrella » signifie « étoile » en espagnol? demande Cassie pour briser le silence.

Émile sourit de nouveau.

— Génial!

— Ouais, ouais, c'est une étoile. Super, dit Jonah.

Émile pousse son ami du coude et indique le ciel.

Jonah obéit et lève les yeux.

Lorsque Cassie se tourne vers Estrella, elle constate que celle-ci est blanche comme un linge. Cassie lui prend la main et la serre fort, gratifiant son amie d'un large sourire.

— Tu es une étoile, souffle-t-elle.

Estrella sourit, et elles regardent en haut toutes les deux vers le vaste ciel.

Tandis que Christian poursuit la leçon, Cassie se sent devenir somnolente. L'air frais du soir refroidit rapidement. Elle laisse échapper un grand bâillement de fatigue et constate que la plupart des campeurs autour d'elle paraissent épuisés eux aussi.

Christian met fin à la leçon peu de temps après.

— Bon, je crois qu'il est temps d'aller se coucher. Merci pour cette belle première journée, et on se revoit demain, de bon matin.

— Le déjeuner sera servi à 6 heures 30, alors tâchez de dormir un peu, ajoute M. Bournival.

Les campeurs fatigués se dirigent vers leurs tentes et se préparent à se coucher.

Une fois bien installées dans leurs sacs de couchage douillets, Cassie et Estrella bavardent à voix basse pendant un moment.

— Ta journée s'est quand même bien déroulée, finalement? demande Estrella.

— Tu veux dire, malgré ma chute et le fait que je me suis rendue ridicule? dit Cassie, ne plaisantant qu'à moitié.

— Malgré ça, oui, dit Estrella en gloussant.

— Eh bien, je crois que oui.

Cassie fixe le toit de la tente, s'efforçant d'ignorer ce qui ressemble à une énorme racine d'arbre pointant dans son dos.

Elle entend des gazouillis et des bourdonnements

provenant des arbres près de la tente. Des insectes! Elle songe qu'un simple morceau de nylon la sépare de toutes ces bestioles.

— On dirait qu'il y a beaucoup d'insectes aux alentours, n'est-ce pas? dit-elle en faisant de son mieux pour ne pas paraître effrayée.

Mais Estrella ne répond pas. Elle s'est endormie en une seconde, laissant Cassie toute seule.

Toute seule avec les bestioles! Cassie en a la gorge nouée. Elle ferme les yeux et tente de se changer les idées, se concentrant sur le souvenir du magnifique ciel nocturne observé en compagnie de Christian. Mais sa fatigue s'est envolée. Cassie est maintenant bien éveillée. Bien éveillée… et terrifiée.

Peu à peu, elle parvient à se calmer et commence à s'assoupir. Elle est exténuée et elle sait qu'une grosse journée l'attend demain.

CRAC!

Cassie se redresse vivement. *Qu'est-ce que c'était?* On aurait dit une branche qui craque. Cassie n'a aucune idée de ce qui peut se promener dans la forêt la nuit. *Un raton laveur ? Une chauve-souris? Est-ce que les chauves-souris marchent?*

Peut-être que c'est un ours noir?

Pire encore, Bigfoot?

Cassie est paniquée.

— Estrella! chuchote-t-elle.

Estrella émet un grognement, mais ne se réveille pas.

— Estrella!

Cette fois, il s'agit presque d'un cri.

Estrella se réveille en sursaut, les yeux hagards.

— Quoi?!

Aussitôt, Cassie se sent idiote de l'avoir tirée de son sommeil.

— Désolée. Ce n'est rien. C'est juste que j'ai entendu un bruit, dit-elle en rougissant.

— Oh, ne t'inquiète pas, il n'y a rien dehors. Essaie de dormir, murmure Estrella, à moitié endormie.

Elle se recouche et se rendort instantanément.

Cassie fait de son mieux pour se détendre. Elle pose sa tête sur l'oreiller et ferme les yeux, essayant de respirer lentement. Elle voudrait être déjà au lendemain. Il y a tellement d'endroits où elle aimerait se trouver plutôt qu'au camping. Elle se demande comment vont ses parents et ce que font ses amis à Vancouver. Elle prête l'oreille, guettant d'autres craquements, et finit par se dire qu'elle n'a pas d'autre choix que de compter des moutons si elle veut s'endormir.

Au lever du jour, Cassie est épuisée. Elle a dormi quelques heures, mais c'est loin d'être suffisant. De plus, à la pensée d'aller finir de se réveiller sous la douche dans les cabines douteuses, elle se sent encore plus moche et plus fatiguée.

Pourtant, après avoir pris une douche et s'être habillée, elle est un peu ragaillardie.

Elle s'enduit soigneusement d'écran solaire et

applique son insectifuge en aérosol; puis elle est prête à aller déjeuner avec Estrella, Jonah, Émile et quelques autres campeurs. Elle est soulagée que la redoutable première journée soit maintenant derrière elle.

— Ce serait fantastique s'il y avait des crêpes pour le déjeuner, dit-elle à Estrella tout en marchant.

— Je doute qu'on ait des crêpes, déclare Jonah derrière elle. On est en plein bois.

Cassie imagine les délicieuses crêpes de Patricia, nappées de beurre et de sirop. Miam!

Lorsqu'ils arrivent à la hauteur des tables, Christian et les autres moniteurs sont en train de cuisiner sur le feu.

— Bonjour, les campeurs! lance Christian.

— Bonjour! répondent certains.

—Assoyez-vous! Le gruau est prêt, annonce Christian en plongeant une grosse louche dans la casserole au-dessus du feu.

Cassie adore le gruau, avec beaucoup de cassonade et de cannelle. Ce sera parfait! Mais lorsque la gamelle en métal est déposée devant elle, Cassie est déçue d'y découvrir un mélange épais et gluant. C'est à peine si elle arrive à y plonger une cuiller.

— Navrée, Cassie, dit Victoria assise en face d'elle. Il paraît que tu voulais des crêpes, ajoute-t-elle avec un grand sourire.

Déterminée à ne pas avoir l'air démoralisée, Cassie sourit à son tour.

— Non, c'est super! J'adore le gruau!

Elle en prend une cuillerée et la fourre dans sa bouche, s'efforçant de ne pas laisser voir son dégoût lorsqu'elle avale le mélange pâteux.

Après le repas, elle retourne à sa tente, bien décidée à faire partir la boue sur son jean. Elle avait d'abord eu l'intention de le nettoyer hier soir, mais après le repas et la leçon d'astronomie, elle était beaucoup trop fatiguée. Cependant, le fait de n'avoir qu'un jean propre pour trois jours donne à l'expression « urgence vestimentaire » un tout nouveau sens.

Mme Jeanson vient trouver Cassie après le déjeuner pour savoir comment elle va.

— Est-ce que vous êtes bien installées? demande-t-elle à Cassie et Estrella en se dirigeant vers leur tente.

Cassie est assise devant et examine son jean, pendant qu'Estrella finit de se préparer. Cassie sait bien qu'elle n'aurait pas dû le laisser sécher toute la nuit, mais elle n'a pas pu faire autrement. Le sommeil est parfois plus important que la mode!

Normalement, elle plaisanterait en répondant qu'elle ne se sent pas bien du tout à cause de son jean, mais elle ne veut pas que Mme Jeanson la croit superficielle. Elle répond donc :

— Tout va bien! J'ai seulement un peu de lessive à faire.

Dès qu'elle a prononcé ces mots, sa réponse lui paraît stupide; elle ne se reconnaît pas.

— Fais voir, dit Mme Jeanson en tendant les mains.

Cassie remarque que ses ongles sont courts – mais soignés –, et vernis d'un soupçon de rose.

Elle lui passe le jean, triste à l'idée qu'il reste taché pour toujours.

— Comment peux-tu dire que tout va bien quand ce fabuleux jean classique a traîné dans la boue? dit Mme Jeanson en adressant un clin d'œil à Cassie.

Le moral de Cassie remonte en flèche. Elle bondit et vient se placer à côté de Mme Jeanson.

— Tu sais, j'ai du détachant dans mon sac. On pourrait essayer de faire partir un peu de boue avec ça, propose celle-ci en examinant le jean.

— C'est vrai? demande Cassie, stupéfaite.

Elle ne s'attendait pas du tout à l'entendre dire cela, d'autant plus que le détachant ne figurait pas sur la liste des articles à emporter.

— Bien sûr. Allons-y et voyons ce qu'on peut faire. Je parie que la boue partira.

— O.K.! dit Cassie avec enthousiasme.

Elle court vers la tente et passe la tête dans l'ouverture. À l'intérieur, Estrella écoute son lecteur MP3 et hoche la tête au son de la musique. Elle remet de l'ordre dans son sac à dos.

— Estrella! chuchote Cassie d'un ton excité.

Estrella enlève l'une de ses oreillettes.

— Alors, ça a marché?

— Pas encore. Mais j'accompagne la mère de Victoria à sa tente, et elle va me prêter son détachant!

Estrella hausse un sourcil.

— C'est super gentil, n'est-ce pas? continue Cassie.

— Si tu veux mon avis, les Jeanson complotent contre toi, dit Estrella.

— Oh, je t'en prie!

Cassie ne tient pas compte de la plaisanterie d'Estrella.

— Je n'en ai pas pour longtemps.

— D'accord, dit Estrella en souriant. Bonne chance!

Cassie rejoint Mme Jeanson à l'extérieur, et elles se dirigent toutes les deux vers sa tente.

Une demi-heure plus tard, le jean de Cassie a été lavé, rincé et tapé sur une pierre. Il est comme neuf. Cassie n'en revient pas de la chance qu'elle a! Durant le trajet du retour jusqu'au campement principal, Cassie et Mme Jeanson apprennent à se connaître un peu mieux. Cassie découvre avec stupéfaction que la mère de Victoria a été rédactrice pour un journal torontois. Dans la section mode, rien de moins!

— La mode, c'est ce qu'il y a de plus important, déclare Mme Jeanson en riant.

— Je comprends parfaitement ce que vous voulez dire, approuve Cassie en enjambant avec précaution de grosses racines d'arbre.

— Mais il faut que ce soit nous qui trouvions notre propre style, en fonction de ce que nous sommes, et non en fonction de ce que les autres nous disent d'être ou d'aimer.

Mme Jeanson observe Cassie et sourit.

— Je saisis tout à fait, dit Cassie avec sérieux.

— Je sais. Tu as du chic, Cassie! Victoria ne t'a jamais dit ce que je faisais à Toronto? demande Mme Jeanson d'un ton désinvolte.

— Non, répond Cassie, sachant très bien que Victoria ne lui aurait jamais confié une chose pareille, elle qui lui en a tant voulu à propos du défilé-bénéfice.

Cassie se demande si Mme Jeanson est au courant que sa fille et elle ne se sont pas toujours bien entendues.

Lorsqu'elles arrivent au campement principal, tout le monde est en train de se préparer pour la prochaine activité : la descente de rapides en radeau pneumatique.

— Prête pour une petite descente? demande Mme Jeanson d'un ton excité.

— NON! s'exclame Cassie. Je suis terrifiée.

— Ne t'en fais pas, ce sera amusant et nous veillerons à ce que vous soyez en sécurité.

Cassie se sent rassurée par les paroles de Mme Jeanson. Tout en marchant, elle aperçoit Victoria debout avec ses amies, de l'autre côté du campement. Lorsque Victoria voit Cassie et sa mère ensemble, elle plisse les yeux, furieuse. Mme Jeanson l'aperçoit à son tour et l'appelle pour qu'elle vienne les rejoindre. Victoria obéit, mais s'approche lentement, les traits de plus en plus tordus sous l'effet de la colère.

Cassie n'était pas préparée à cela. Elle est encore un peu ébranlée par ce qu'elle a appris au sujet de

Mme Jeanson.

— Victoria, dit Mme Jeanson à sa fille qui les a rejointes, tu n'as pas dit à Cassie que j'ai déjà travaillé pour la section mode d'un journal? Je n'y crois pas!

Elle n'est pas fâchée, mais paraît étonnée.

— Oh... la question n'a jamais été soulevée, c'est tout, répond Victoria comme si de rien n'était. Maman, il est presque l'heure de se rendre au site de descente des rapides. Il vaudrait mieux nous dépêcher.

Mme Jeanson jette un coup d'œil à sa montre.

— Oh, en effet! Désolée! dit-elle à Victoria.

Elle se tourne vers Cassie.

— Va chercher tes affaires, et on se revoit dans quelques minutes, ma chérie.

Cassie sourit, le cœur rempli de réconfort.

— D'accord! Merci encore de m'avoir aidée pour la lessive! dit-elle en montrant son jean mouillé.

Elle sourit à Victoria et à sa mère, puis court vers sa tente. Mme Jeanson est très sympa! Cassie n'en revient pas. Elle a toujours su, au fond, que Victoria devait être une fille correcte, et maintenant elle en est sûre.

Le site de descente des rapides est plus éloigné que Cassie le pensait. Les campeurs marchent durant une heure environ; ils enjambent de nombreux troncs d'arbres tombés et traversent des terres molles et spongieuses. La crampe se manifeste de nouveau dans la jambe de Cassie pendant la randonnée. Cassie sent son dos se couvrir de sueur et ses cheveux se plaquer sur sa tête. Tout ce qu'elle veut, c'est une bonne douche chaude et du brillant à lèvres. Et on n'est encore que le matin!

Chemin faisant, les moniteurs s'arrêtent de temps à autre pour identifier différents arbres et oiseaux. Ils le font même une fois pour observer un tas de vers de terre grouillant près d'une souche. Lorsque l'un des moniteurs en prend un, certains campeurs l'imitent et regardent les bestioles se tortiller dans leurs mains, pendant que le moniteur explique qu'ils se nourrissent probablement de bois pourri.

Cassie doit se retenir pour ne pas sortir précipitamment son insectifuge et vaporiser tout ce qu'il y a aux alentours. Bien entendu, Jonah décide de torturer la pauvre Estrella en la poursuivant avec un ver. Estrella est vraiment furieuse, mais Cassie et Émile ne peuvent s'empêcher de rire.

Avant d'avoir réellement pris conscience de ce qui se passe, Cassie se retrouve en rang devant un ponton avec ses camarades de classe; ils portent tous des gilets de sauvetage orangés et des casques bleu vif. Cassie s'efforce de ne pas songer au fait que ces couleurs contrastent horriblement avec ses cheveux et son teint. Elle consacre la plus grande partie de son énergie à essayer de ne pas paniquer.

Les radeaux sont de grosses embarcations pneumatiques jaunes. Une fois assise, Cassie regarde les autres campeurs prendre place dans les différents radeaux; certains paraissent aussi nerveux qu'elle. Il y a huit élèves et deux adultes dans chaque radeau et, pour une raison ou pour une autre, on a attribué à Cassie une place à l'avant. Jonah et Émile se dirigent vers le même radeau qu'elle, et Cassie espère qu'on y enverra Estrella aussi.

D'ailleurs, Estrella est la suivante; le moniteur regarde chaque embarcation avant de décider où l'envoyer. Lorsqu'il désigne le radeau de Cassie, le visage d'Estrella s'illumine.

De sa place, Cassie salue Estrella de la main tandis qu'elle monte. Leurs regards se croisent et, malgré la frayeur qui se lit sur leur visage, les deux amies sourient, soulagées d'être ensemble. Et soudain, le radeau est poussé sur l'eau. Christian est à l'arrière et dirige l'embarcation.

— O.K., tout le monde, on rame vers l'avant! crie-t-il.

Cassie ne peut pas croire que quelqu'un vient de hurler le mot « rame », et à son intention en plus!

Elle plonge sa pagaie dans l'eau et pousse comme on le lui a montré plus tôt. Elle n'est pas du tout convaincue que le radeau bougera, mais effectivement, le voilà qui dérive et le courant l'entraîne.

— Beau travail! lance Christian derrière eux.

Tous rament et rament durant une quinzaine de minutes sur des eaux calmes et limpides. Le soleil brille avec ardeur au-dessus d'eux. Une fois qu'elle a trouvé son rythme, Cassie se détend un peu. Elle jette un coup d'œil derrière elle pour voir comment s'en tire Estrella. Cette dernière est parfaitement concentrée. Estrella est dotée d'une étonnante capacité d'oublier ses peurs et de se concentrer totalement sur une tâche. Elle le fait lorsqu'elle crée des vêtements, et dans sa vie en général. Cassie affiche un sourire radieux en regardant son amie qui transpire, rame et s'amuse comme une folle. Estrella est une véritable inspiration pour elle.

Christian s'adresse au groupe.

— Préparez-vous, tout le monde. Nous entrons dans des eaux plus tumultueuses. Rien d'inquiétant, mais vous devrez m'écouter attentivement, d'accord?

Personne ne répond.

— D'accord? répète Christian plus fort.

Tout le monde s'écrie :

— D'accord!

— Parfait. Tout est une question de communication, vous savez! Et de travail d'équipe!

Cassie se retourne pour sourire à Estrella. Elles s'y connaissent en travail d'équipe.

Soudain, Christian s'écrie :

— À GAUCHE! Ramez à gauche!

Brusquement ramenée à la réalité – elle n'est qu'une petite rouquine voguant sur une grosse rivière bleue –, Cassie tourne vivement la tête pour regarder devant elle et rame comme on le lui a indiqué. Elle enfonce sa pagaie dans l'eau, et le radeau se déplace vers la droite. Tout à coup, la rivière semble s'abaisser légèrement devant eux; Cassie s'arc-boute, anticipant un peu d'action.

— RAMEZ EN AVANT! lance Christian.

Le cœur de Cassie bat la chamade. Le bruit de l'eau s'amplifie et, lorsqu'ils atteignent la pente, Cassie constate qu'il y a plusieurs chutes d'eau devant eux!

Cassie n'en revient pas. Jamais elle n'aurait osé s'adonner à une activité semblable du temps où elle habitait à Vancouver. En fait, elle ne savait même pas alors que ça existait!

Ils franchissent la première descente, et le cœur de Cassie se soulève lorsqu'ils retombent dans l'eau dans un grand éclaboussement.

— RAMEZ EN AVANT! Plus vite!

Les pagaies frappent l'eau avec force et rapidité, et bientôt, le radeau descend la rivière à toute allure en faisant gicler l'eau de toutes parts. Le cœur de Cassie bat à tout rompre; elle peine pour maintenir le rythme.

Au même moment, elle entend Christian qui crie de nouveau. Sauf que cette fois, il prononce les deux mots les plus terrifiants qu'elle ait jamais entendus :

— CASSIE, ATTENTION!

Cassie regarde vite à gauche et à droite, certaine qu'un ours, un requin ou un essaim d'abeilles va s'abattre sur elle. Mais c'est lorsqu'elle regarde devant elle qu'elle comprend exactement ce qui l'attend.

Elle réfléchit, espérant trouver une règle de vie convenant à la situation.

Mais il n'y a aucune règle de vie pour ça!

Le radeau se dirige droit vers une énorme descente. Avant de monter dans les radeaux, Christian a prévenu les campeurs qu'ils rencontreraient quelques descentes. Mais jamais Cassie n'aurait imaginé que ce serait *si réel*!

Mettant tous ses espoirs dans sa laque pour cheveux

haut de gamme, Cassie rame vers l'avant, les yeux rivés à l'endroit où l'eau semble disparaître de l'autre côté des rochers.

— Ramez!

Encore une fois, les pagaies s'abattent dans l'eau avec vigueur. Cassie tire rapidement sur la jugulaire de son casque, et elle plonge sa pagaie dans l'eau.

— RAMEZ!

L'eau se déchaîne autour d'eux, les entraînant toujours plus vite et plus loin.

Et soudain, ça y est : Cassie est au bord de la chute, la pagaie en l'air. Elle écarquille les yeux en voyant le spectacle qui s'offre à elle. L'eau déferle devant le radeau. En bas se dessinent d'autres rapides tumultueux et d'autres chutes, alors que plus loin encore, tout semble calme et paisible.

Cassie sent le radeau pencher vers l'avant.

— Rentrez les pagaies! hurle Christian.

Cassie s'exécute et agrippe la sienne, la tenant fermement sur ses genoux. Elle aimerait bien pouvoir tenir la main d'Estrella en ce moment même, mais elle devra se contenter de la vieille pagaie! Elle ferme les yeux en serrant fort, puis ils plongent vers l'avant. Le radeau reste comme suspendu dans les airs et l'eau rugit de chaque côté. Cassie pousse un cri perçant, comme ceux qu'on entend dans les montagnes russes.

BOUM!

Le radeau retombe dans le courant, et Cassie sursaute. Elle ouvre les yeux. Tout ce qu'elle voit, c'est un énorme mur d'eau qui fonce dans sa direction.

Elle hurle de nouveau au moment où l'eau glacée s'abat sur elle et inonde l'embarcation.

Le radeau est tout mouillé. Cassie est à bout de souffle. Et trempée!

Elle a l'impression qu'elle va se mettre à pleurer, mais elle ne sait pas exactement pourquoi. D'abord, elle se dit que c'est à cause de ses cheveux et de ses vêtements trempés. Puis elle se rend compte rapidement que ce n'est pas ça du tout. Elle est euphorique, plus heureuse qu'elle ne l'a jamais été de toute sa vie.

C'est plus fort qu'elle; elle brandit les poings dans les airs en lançant un glorieux *woouhoooou!* que l'écho renvoie parmi les rochers autour d'eux. Elle regarde derrière elle et aperçoit tous ses camarades qui poussent des acclamations. Le casque d'Estrella est de travers sur sa tête, mais Cassie distingue son sourire d'un blanc éclatant.

— Sortez les pagaies! Ramez en avant! lance Christian de nouveau.

Cassie, trempée, plonge sa pagaie dans l'eau. Se sentir moche n'a jamais été aussi agréable!

CHAPITRE 9

Gauche! Droite!

Cassie se réveille tôt le lendemain matin, toujours rayonnante. Elle a bien dormi, trop épuisée pour laisser les bruits de la forêt la garder éveillée comme la nuit précédente.

De plus, aujourd'hui sera une bonne journée, elle en est persuadée. Les campeurs commenceront par une activité amusante : la course de relais! Cassie est excitée à l'idée de se détendre et de rigoler.

Elle fait de son mieux pour prendre une douche rapide. Elle sait qu'elle n'est pas la seule à se préparer et elle ne veut pas s'éterniser. Mais surtout, elle n'a pas envie de passer trop de temps dans la cabine de douche. C'est l'une des plus dégoûtantes qu'elle ait jamais vues. Elle est toute jaunie et crasseuse, et Cassie est convaincue qu'un insecte bizarre va l'attaquer d'une seconde à l'autre. Ça ne lui dit pas vraiment d'être vue sortant des douches enveloppée dans une serviette, courant et hurlant.

Une fois qu'elle a terminé (et qu'elle a secrètement aspergé ses cheveux du démêlant qu'elle a glissé dans son sac), elle décide de mettre sa ravissante tunique à rayures style matelot, avec son jean et ses bottes Rouquine, bien sûr. C'est la tenue idéale : chaude, mais pas trop et, plus important encore, jolie!

Après avoir mangé un autre bol de gruau visqueux pour le déjeuner, les campeurs suivent Christian et les autres moniteurs vers le site de la course. Il s'agit d'un vaste champ divisé en sections distinctes, chacune d'elles accueillant une activité différente. Cassie et Estrella tentent de deviner quels seront les jeux proposés. Estrella est super excitée; elle danse sur place et s'extasie devant le terrain. Cassie ignorait qu'elle était à ce point adepte de la course de relais!

— On va faire fureur aujourd'hui, dit Estrella en nouant ses cheveux en une queue de cheval.

— Ça alors, tu es la déesse de la course de relais ou quoi? demande Cassie, les bras croisés et le sourire aux lèvres.

— J'adore ça! J'adore ce genre d'activités!

L'esprit de compétition de Cassie se réveille aussitôt.

— Eh bien, j'espère pour toi qu'on sera dans la même équipe, ma jolie. Sinon, tu devras vraiment t'inquiéter.

Cassie tente de prendre une expression sérieuse, comme si elle jouait dans un film de cow-boys. Elle vient de l'Ouest, après tout!

— Vraiment? Tu crois ça? dit Estrella, le regard étincelant.

— Oh que oui!

Lorsque Christian invite le groupe à le rejoindre d'un côté du terrain, les deux amies rient et s'y rendent en courant. Alors que tout le monde se rassemble, Estrella aperçoit Jonah et lève les yeux au ciel.

— Il va être tellement agaçant durant les courses de relais, dit-elle.

Cassie rit. Jonah lui plaît bien. Il est toujours amusant et sait se montrer très gentil. Sans lui, Cassie n'aurait jamais eu un tel succès avec le défilé-bénéfice.

Jonah marche vers elles, et Cassie lui tape dans la main.

— Le relais, c'est GÉNIAL! s'écrie-t-il en approchant son visage d'Estrella.

Cette dernière fait la grimace.

— Quelle haleine! dit-elle en se forçant pour sourire.

Mais avant même qu'elle ait réussi à ébaucher un sourire, son visage pâlit. Émile vient vers eux, et plus il approche, plus Estrella blêmit... pour ne pas dire verdit.

Cassie le remarque immédiatement. Et elle s'en réjouit. Maintenant, elle va pouvoir mettre son plan à exécution, question de voir si Émile plaît vraiment à Estrella.

Cassie tape dans la main d'Émile.

— Salut, Estrella, dit Émile d'un air décontracté.

— Oh, fait Estrella d'une voix tremblante. Salut,

ouais. Salut, dit-elle en lui adressant un signe de la main un peu maladroit.

Cassie n'en revient pas de voir son amie agir de façon aussi ridicule! Émile et Jonah se dirigent de l'autre côté du groupe où ils rejoignent les autres garçons.

— Bon, commence Christian. Vous travaillez très fort. Vous repoussez vos limites. Je suis fier de vous. Nous le sommes tous, d'ailleurs.

Christian désigne les autres moniteurs ainsi que Mme Jeanson et M. Bournival. Tous leur sourient chaleureusement.

— Donc, poursuit Christian, avant de vous faire relever un dernier défi aujourd'hui, nous nous sommes dit que vous méritiez bien de vous amuser un peu.

Il s'interrompt alors de façon théâtrale avant de s'écrier :

— Préparez-vous pour la course de relais!

Il applaudit, et tout le monde l'imite.

Durant l'heure qui suit, Cassie et Estrella font la course en tenant une cuiller contenant un œuf, en se guidant mutuellement, les yeux bandés, dans un labyrinthe de pneus, et en faisant la brouette. Tous les participants, dont Victoria, rient et crient sans arrêt.

En attendant le début de la course suivante, Estrella tape des mains et sautille sur place.

— C'est tellement chouette! dit-elle. J'espère qu'on fera une...

— L'épreuve suivante sera... une course à trois jambes! annonce Christian.

— Yé! s'écrie Estrella. C'est exactement ce que j'espérais. J'adore les courses à trois jambes!

Elle bondit d'excitation et se tortille en une petite danse ridicule, ses cheveux bondissant sur ses épaules.

Christian distribue des bouts de corde afin que les coéquipiers puissent attacher leurs jambes ensemble. Cassie n'a pas participé à ce genre de course depuis la fête en l'honneur du dixième anniversaire d'Emma, alors qu'elle demeurait encore à Vancouver. Emma et elle ne gagnaient jamais par contre, toujours trop occupées à rire... et à tomber! En se tournant vers Estrella pour lui demander d'être sa partenaire, elle a une idée.

Une brillante idée.

Sans même réfléchir aux conséquences, elle fait signe à Jonah et à Émile de les rejoindre. Pendant ce temps, Estrella fouille dans son sac et ne se rend pas compte de ce qui se passe.

— Qu'est-ce qu'il y a, Nantais? demande Jonah.

— Faisons équipe, toi et moi! dit-elle à Jonah.

— O.K., ça me convient.

Au même moment, Estrella se redresse vivement et laisse échapper un petit rire nerveux.

— Hum, Cassie, commence-t-elle d'une voix aiguë, je peux te parler une seconde?

Émile reste là sans rien dire. Il croise les bras, l'air embarrassé.

— Très bien, mesdames et messieurs, nous sommes presque prêts, dit Christian.

— J'aimerais bien qu'on parle, Es, mais on doit y

95

aller. Émile et toi pouvez faire la course ensemble, non? Tu aimes tellement les courses, et je ne suis vraiment pas la partenaire qu'il te faut!

Émile s'avance légèrement.

— Tu aimes les courses? demande-t-il à Estrella d'un ton enjoué.

Celle-ci devint si pâle qu'on voit presque au travers de son visage.

— Hum, eh bien... ouais, on peut dire ça. Enfin, ouais. Pas vrai? balbutie-t-elle.

Elle regarde Cassie, qui lui fait les gros yeux comme pour dire : « CESSE DE TE COMPORTER COMME UNE IDIOTE ET CALME-TOI! »

Estrella s'éclaircit la voix.

— Absolument. J'adore les courses.

De nouveau, elle est prise d'un petit rire sot.

Cassie sourit. Estrella lui en voudra peut-être tout à l'heure, mais elle s'occupera de ça en temps et lieu. Pour l'instant, Cassie est extrêmement fière de son plan!

— Mettez-vous en rang!

Cassie fait un petit signe de la main à Estrella; elle sait que c'est agaçant, mais elle ne peut pas résister! Jonah et elle se dirigent vers la ligne de départ et attachent rapidement leurs jambes ensemble. Pendant ce temps, Cassie surveille Estrella et Émile du coin de l'œil. Mme Jeanson est avec eux et les aide à nouer la corde autour de leurs chevilles.

Ils sont tous sur la ligne de départ maintenant. Cassie regarde de chaque côté et voit tous ses camarades de classe qui rient et s'amusent, soulagés de pouvoir rigoler un peu. Il n'y a que deux équipes qui ne semblent pas contentes. Celle d'Estrella et d'Émile est l'une d'elles, bien entendu. À vrai dire, Émile a l'air heureux, souriant et scrutant le terrain devant eux comme s'il mettait au point une stratégie pour la course. En revanche, la pauvre Estrella paraît terrifiée. Toujours pâle, elle fixe Émile, le regard vide.

L'autre équipe qui n'a pas l'air très heureuse non plus est celle de Victoria et de Lyne. Pauvre Lyne. Ce doit être extrêmement difficile d'être la meilleure amie de Victoria. Cassie se demande comment elle fait. Chose certaine, Cassie approuve tout à fait la tenue de plein air de Lyne. Depuis qu'elle a joué un rôle-clé dans l'organisation du défilé-bénéfice, Lyne a laissé libre cours à sa passion pour la mode! Aujourd'hui, elle porte un magnifique petit blouson de couleur marron et un pantalon en tissu bouclé que Cassie a vu dans une boutique du centre commercial.

Victoria crie presque en parlant à Lyne, cherchant de toute évidence à élaborer un plan pour gagner.

— Au signal du départ, on avancera d'abord notre jambe libre, d'accord? Puis on fera suivre nos jambes attachées. Mais on commence avec nos jambes libres. N'oublie pas! supplie Victoria.

Lyne hoche calmement la tête. Cassie est impressionnée.

— Prêts? dit Christian.

— PRÊTS! crie le groupe.

— À vos marques! commence Christian.

— Prêts? poursuit M. Bournival.

— PARTEZ! crie Mme Jeanson.

Tous les participants passent à l'action. Certains partenaires sont parfaitement synchronisés et courent sans problème. D'autres tombent dès le début, riant et poussant des cris perçants. Cassie et Jonah font un excellent départ; bras dessus bras dessous, ils avancent avec détermination. Cassie s'efforce d'avancer sa jambe « du milieu » en même temps que celle de Jonah, mais elle est distraite, curieuse de voir comment vont les choses pour Estrella. Est-ce qu'elle s'en tire bien? Ou Cassie a-t-elle exagéré en la forçant à parler à Émile?

Elle est rassurée dès qu'elle aperçoit Estrella et Émile devant eux. Ceux-ci avancent rapidement, riant comme de vieux amis. Hourra! Cassie savait bien que son amie s'amuserait avec Émile!

Oubliant presque qu'elle participe également à la course, elle sent quelque chose l'attirer vers le sol. Tandis qu'elle concentrait son attention sur Estrella, elle a perdu le rythme et, avant qu'elle puisse faire quoi que ce soit pour arranger les choses, Jonah perd pied et trébuche. Cassie resserre son étreinte autour du bras de Jonah et tente de se ressaisir.

— Gauche! Droite! Gauche! Droite! Gauche! Droite! crie-t-elle, exactement comme l'a fait Christian sur le radeau.

En l'espace de quelques secondes, ils retrouvent le

rythme et vont clopin-clopant, dépassant quelques équipes en chemin.

— Gauche! Droite! Gauche! Droite! scande Cassie.

— T'es formidable, Nantais! crie Jonah.

Cassie sourit. Elle contribue au succès de son équipe. Comme une vraie sportive! Et elle adore ça!

Elle aperçoit la ligne d'arrivée devant eux et entend les cris de ses camarades autour d'elle. Cassie allonge la jambe, s'élançant de toutes ses forces. Victoria et Lyne mènent la course, mais d'autres équipes sont sur leurs talons, y compris Estrella et Émile!

Cassie et Jonah continuent de courir, et c'est maintenant Jonah qui crie :

— Gauche! Droite!

Cassie fait de son mieux pour avancer en ligne droite. Elle entend des cris devant elle et constate que Victoria et Lyne viennent de franchir le fil d'arrivée, se classant premières.

C'est alors qu'une idée soudaine s'empare de Cassie. Elle veut la deuxième place. Elle jette un coup d'œil sur le terrain et voit qu'Estrella et Émile, leurs seuls réels concurrents, ont perdu l'équilibre et se sont effondrés par terre, battant l'air de leurs bras et riant aux éclats. Cassie serre fort le bras de Jonah et crie :

— On fonce!

Ensemble, ils courent à toute allure, dépassant quelques équipes en difficulté ainsi qu'Estrella et Émile, toujours par terre et pris d'un sérieux fou rire, avant de franchir la ligne d'arrivée! Ils ont réussi! Ils ont décroché la deuxième place!

Ils tombent par terre tous les deux, transportés de joie. Jonah détache la corde qui retient leurs jambes. Ils bondissent et s'étreignent, et Mme Jeanson accourt pour leur remettre leur ruban.

— Deuxième place! s'écrie Mme Jeanson. Cassie et Jonah!

Émile et Estrella se sont relevés et sont tout juste derrière eux, terminant troisièmes. Cassie se réjouit pour tout le monde. Elle se tourne vers ses amis et voit Émile offrir le ruban jaune à Estrella, insistant pour qu'elle le garde.

Rayonnante, et étreignant tous ceux qu'elle croise, Cassie reprend peu à peu son souffle. Mme Jeanson s'approche et la serre dans ses bras.

— Hé! Félicitations pour cette deuxième place!

— Merci! dit Cassie d'une voix haletante.

Victoria arrive au même moment.

— C'était super, n'est-ce pas? lui demande sa mère.

— Bien sûr! répond Victoria, un sourire malfaisant sur le visage. Dommage pour ceux qui n'ont pas pu faire mieux qu'une deuxième place.

Elle montre son ruban bleu à Cassie et s'éloigne comme un ouragan.

— Victoria! s'écrie Mme Jeanson. Je suis navrée, Cassie. Je te prie de l'excuser.

Et sur ce, elle suit Victoria.

— Cette fille est tellement peu sportive, dit Jonah en roulant les yeux.

Cassie ne comprend pas pourquoi cela a encore de l'importance, mais la cruauté dont Victoria fait preuve la bouleverse toujours autant. Elle essaie de chasser ses paroles de son esprit, mais elle se sent triste. Elle voudrait s'éloigner du groupe avant qu'on s'aperçoive qu'elle est blessée. Elle ne veut pas gâcher le plaisir de qui que ce soit.

Estrella et Émile s'élancent alors vers eux. Émile et Jonah commencent aussitôt à échanger des commentaires sur la course, tandis qu'Estrella serre Cassie dans ses bras. Tout de suite, elle comprend que quelque chose ne va pas.

— Qu'est-ce qui s'est passé?

— Victoria m'a dit une méchanceté. Encore une fois, dit Cassie en versant une larme.

— Oh, Cass, je suis vraiment désolée. Mais tu ne dois pas la laisser te démolir, O.K.?

— Je sais.

Et c'est la vérité. Elle le sait dans sa tête. Mais son cœur, lui, ne l'entend pas de cette oreille.

— De toute façon, on n'a pas le temps d'être triste pour l'instant, car l'épreuve finale va bientôt commencer, dit Estrella. Et je veux que tu sois ma partenaire.

Cassie s'essuie les yeux.

— C'est vrai?

— Tout à fait. Je ne peux pas faire l'épreuve finale sans celle qui m'a battue!

— C'est vrai que je t'ai battue, hein? dit Cassie, le sourire aux lèvres.

Estrella réussit toujours à lui remonter le moral.

— Ouais, c'est vrai! C'est pour ça que j'ai besoin de toi dans mon équipe!

Elle passe un bras autour des épaules de Cassie et l'entraîne plus loin.

— Quelle est la prochaine épreuve, au fait? demande Cassie.

Estrella indique quelque chose de l'autre côté du terrain, et Cassie reste bouche bée. C'est un parcours d'obstacles des plus complets : pneus dans lesquels il faut passer rapidement, bûches pour tester l'équilibre, et mur à escalader pour terminer!

— C'est une blague ou quoi? fait Cassie.

— J'aimerais bien! Mais tu n'as pas le choix, ma belle! C'est une course d'équipe. Et j'ai bien l'intention de gagner.

— Très bien, dit Jonah. Dans ce cas, je fais équipe avec Émile. On va vous battre à plates coutures!

Émile rit et hausse les épaules.

— Oh non, pas question, dit Estrella.

Elle prend la main de Cassie, et ils s'éloignent tous au pas de course en riant.

CHAPITRE 10

Cassie Nantais, reine de la jungle?

Cassie et Estrella n'avaient aucune chance de gagner la course d'obstacles. C'est Victoria et Lyne, naturellement, qui arrivent premières. Cassie est sur le point de féliciter Victoria, mais elle s'arrête, se disant qu'il vaut peut-être mieux la laisser tranquille pour un certain temps.

Après le dîner, le groupe se prépare pour la dernière activité. Cassie en a la nausée.

Il s'agit du saut à l'élastique.

Cassie a beaucoup de mal à supporter les hauteurs. Dans leur ancienne maison à Vancouver, il y avait une petite passerelle surplombant le salon, et Cassie n'était même pas à l'aise d'y marcher. Elle avait toujours les jambes qui flageolaient. À mesure que le groupe approche de l'endroit où auront lieu les sauts, Cassie devient de plus en plus silencieuse et tendue.

— Tu sais qu'un million de personnes ont déjà sauté à l'élastique, n'est-ce pas? demande Estrella.

— Je sais, je sais. Mais ça n'a aucune importance, dit Cassie en s'efforçant de respirer normalement. Moi, je ne l'ai jamais fait!

— Ça se passera bien, je te le promets, dit Estrella.

Mais Cassie n'en est pas convaincue.

Lorsqu'ils arrivent devant la tour, Cassie en a l'estomac tout retourné. Levant les yeux encore et encore jusqu'au sommet, elle a envie de vomir. C'est tellement haut! Pire, il faut monter à une échelle métallique maigrichonne et complètement dingue pour arriver en haut, où il n'y a qu'une petite plateforme sur laquelle se tenir avant de sauter. Les campeurs chuchotent entre eux en l'apercevant. Mais pas Cassie. Elle a encore moins envie de parler maintenant qu'elle voit ce qui l'attend vraiment!

— Je sais que ça paraît terrifiant, dit M. Bournival aux élèves. Mais je vous assure que c'est tout à fait sécuritaire. Et très amusant aussi. C'est l'une des raisons pour lesquelles je tenais à être du voyage. J'adore le saut à l'élastique et vous adorerez ça aussi, une fois que vous l'aurez essayé.

— D'ailleurs, M. Bournival s'est porté volontaire pour sauter le premier, dit Christian.

— J'y vais! dit Monsieur B.

Il se dirige vers la longue échelle qui mène au sommet où l'attend Marie-Pier, la monitrice, pour l'aider à se préparer.

Christian s'adresse aux campeurs tandis que l'enseignant grimpe à l'échelle.

— M. Bournival monte très prudemment. Un pied à la fois, sans se presser.

Ils le regardent tous progresser d'un échelon à l'autre et rapetisser à mesure qu'il grimpe.

— Une fois en haut, Marie-Pier l'aidera à mettre le harnais.

Christian se penche et saisit un harnais tout près de lui.

— Il s'enfile facilement et restera bien en place grâce à ces quatre fermoirs, dit-il en indiquant les attaches en métal. Une fois qu'il sera bien fixé, Marie-Pier comptera jusqu'à trois. Et à trois, vous n'avez qu'à faire un pas en avant. Pas besoin de courir ni de sauter. Un seul pas en avant suffit.

Un seul pas suffit? se dit Cassie. *Ce sera le pas le plus difficile que je ferai de toute ma vie!*

Christian tient un mégaphone dans sa main. Il le porte à sa bouche.

— O.K., vous êtes prêts là-haut?

M. Bournival regarde en bas et lève le pouce.

— Très bien, alors. Bonne chance! lance Christian dans le mégaphone.

Sa voix résonne dans le vaste ciel.

Tous lèvent les yeux, attentifs. Ils entendent « Un, deux, trois! » d'en haut et regardent Monsieur B. faire un pas dans le vide et descendre en flèche vers le sol. L'enseignant laisse échapper un cri avant d'afficher un large sourire. Il rebondit au bout de l'élastique, remonte et pousse un retentissant *wouuuhouuu!*

Moins d'une minute plus tard, il rejoint le groupe, tout rouge et l'air ravi.

— C'était époustouflant! dit-il à tout le monde. Vous allez adorer! C'est tellement beau là-haut!

Les campeurs se mettent en rang et, l'un après l'autre, ils montent à l'échelle, mettent le harnais et sautent. Cassie n'arrive pas à le croire. Comment peut-on trouver ça amusant? Son cœur bat à tout rompre tandis qu'elle regarde chaque personne faire la longue ascension et sauter. N'empêche que tout le monde semble s'amuser, même ceux qui paraissaient un peu hésitants au départ. Émile attend un moment avant de sauter et, lorsqu'il se décide, il pousse un cri à la Tarzan tout au long de sa chute. Tout le monde rit, même Victoria. Jonah, quant à lui, prend tout son temps et, lorsqu'il saute, il hurle à pleins poumons du début à la fin, pendant qu'Émile lui crie des encouragements dans le mégaphone :

— Jo-nah! Jo-nah!

Cassie est contente d'être juste derrière Estrella, car son amie gère la situation comme une pro. Naturellement. Estrella grimpe à l'échelle de façon posée, écoute attentivement les consignes de la monitrice au sommet de la tour en mettant son harnais, replace l'élastique qui retient ses cheveux et saute avec grâce comme si elle volait. Elle paraît heureuse, terrifiée et excitée à la fois.

Dès qu'elle est redescendue, Cassie se précipite vers elle et la serre très fort dans ses bras. Elle est tellement fière d'Estrella!

— C'est fantastique! s'écrie cette dernière.

Pourtant, Cassie qualifierait cette expérience de tout sauf géniale. À la piscine, elle déteste sauter du tremplin, même le plus bas. Alors qu'elle monte à l'échelle, elle tente de trouver le qualificatif approprié pour cette activité. Non génial? In-génial? Anti-génial?

Elle atteint le sommet avant d'avoir fait son choix.

— Salut, Cassie! dit Marie-Pier avec entrain.

— Marie-Pier, dit Cassie en s'éclaircissant la voix, est-ce que je dois absolument le faire?

Marie-Pier doit avoir l'habitude de ce type de question posée sous le coup de la panique, car elle continue de s'affairer, aidant Cassie à mettre le harnais.

— Tu n'es pas obligée, mais tu devrais le faire. C'est très amusant. Crois-moi.

Cassie tente d'avaler, mais elle a la gorge sèche.

— C'est normal d'avoir la gorge sèche? Peut-être que c'est le signe que je ne devrais pas...

Marie-Pier se penche et saisit une bouteille d'eau sur un petit rebord.

— Tu en veux une gorgée?

Avant qu'elle ait pu répondre, Marie-Pier envoie un jet d'eau dans la bouche de Cassie. Elle pose ensuite ses mains sur ses épaules.

— O.K., Cassie, on y est. Tout va bien. Tu es fin prête. Tu n'as qu'à te retourner. Et à trois, tu fais simplement un pas en avant.

— Hum, eh bien, je...

107

Cassie est sans voix.

Marie-Pier la fait pivoter et recule d'un pas.

— O.K., Cassie. Je commence à compter.

Le cœur de Cassie bat à tout rompre.

— Un!

Elle ferme les yeux et baisse la tête.

— Deux!

Cassie commet alors une grave erreur en ouvrant les yeux. Elle voit tout le monde en bas qui la regarde. Prise de panique, elle a les mains moites et entend les battements de son cœur qui résonnent dans ses oreilles.

— Trois!

Cassie ferme les yeux.

Mais rien ne se produit. Elle est tout simplement incapable de faire un pas de plus.

Elle sent la brise et la chaleur du soleil sur son visage. Tout est silencieux.

— Est-ce que ça va? demande enfin Marie-Pier derrière elle.

— Ça va, ment Cassie.

— Tu veux que je compte encore une fois?

— D'accord.

— Un... deux... trois!

Et toujours rien. Cassie n'y arrive pas. Si elle ferme les yeux, elle a mal au cœur. Et si elle les garde ouverts, eh bien, elle est terrifiée par ce qu'elle voit!

— Veux-tu laisser tomber cette activité, Cassie? demande Marie-Pier doucement. Tu peux, si c'est ce que tu souhaites.

Au même moment, Estrella s'adresse à Cassie à l'aide du mégaphone. D'autres campeurs qui ont déjà sauté ont reçu des encouragements de la part de leurs amis, et cela les a beaucoup aidés. Mais dans son cas, rien ne réussira à la convaincre.

— Allez, Cass! Tu peux le faire! crie Estrella.

Cassie regarde en bas, s'efforçant de demeurer calme. Ses pieds semblent rivés à la plateforme. Elle pose la main sur le mousqueton à brillants qu'Emma lui a envoyé, espérant en absorber l'énergie positive. Toutefois, elle a beau essayer, elle est persuadée qu'elle n'arrivera pas à bouger les pieds.

Elle ferme les yeux très fort. Elle n'a pas à le faire si elle ne veut pas. Mais il lui faudra redescendre, et être pour toujours, dans le souvenir de tous, celle qui n'a pas sauté. Ce n'est pas une perspective très agréable. Elle peut se convaincre de faire d'autres choses : elle peut affronter n'importe quelle rivière, escalader n'importe quelle montagne. Mais pas ça.

Soudain, elle entend une voix différente dans le mégaphone.

— Cassie Nantais! Tu es l'une des personnes les plus courageuses que j'aie jamais rencontrées. Maintenant, arrête tes enfantillages et saute!

Cassie ouvre lentement les yeux et regarde en bas de nouveau. Victoria se tient devant la foule et tient le mégaphone devant sa bouche.

— Je vais compter jusqu'à trois. Et à trois, tu avances,

O.K.? crie Victoria.

Cassie inspire profondément. Elle fait signe que oui.

— UN! commence Victoria.

Cassie inspire profondément à nouveau.

— DEUX!

Cassie détend ses jambes tremblantes au maximum.

— TRRROIS! crie Victoria d'un ton parfaitement encourageant.

Cassie ne sait pas comment l'expliquer, mais la voix de Victoria lui paraît si réelle et si crédible que, sans la moindre hésitation, elle…

SAUTE!

L'instant d'après, elle vole! Lorsqu'elle parvient à ouvrir les yeux, elle ne voit que le magnifique ciel bleu parsemé de nuages cotonneux; puis, quand elle regarde en bas, elle voit l'herbe bien verte. Elle crie, mais c'est un cri d'excitation et de bonheur purs. Elle aperçoit le reste du groupe qui la suit des yeux. Estrella saute sur place en tapant des mains.

— Yahooooou! hurle Cassie, le vent dans les cheveux.

Alors qu'elle approche du sol, elle remonte brusquement de nouveau, moins vite cette fois. Elle imagine qu'elle est une superhéroïne, s'envolant du haut d'un édifice pour faire régner la justice, une superbe cape rouge flottant derrière elle. Elle regarde en bas encore une fois et voit tout le monde qui l'acclame, y compris Victoria. Cassie a du mal à le croire : pourtant, Victoria est bien là; elle crie et applaudit avec frénésie.

Le sourire de Cassie s'élargit tandis qu'elle rebondit plus près du sol. Cette fois, les moniteurs agrippent l'élastique et tirent Cassie vers une saillie. Ils l'aident à enlever son harnais et, dès qu'elle est libre, elle dévale l'escalier et se dirige vers Estrella.

Mais avant même qu'elle puisse se rendre compte de ce qui se passe, Victoria vient au-devant d'elle en courant. Ses cheveux s'échappent de son chouchou et volent dans tous les sens. Lorsqu'elle s'approche de Cassie, elle ouvre grand les bras.

Cassie est sous le choc! Qu'est-elle censée faire? Se jeter dans ses bras et la serrer bien fort?

Victoria?

Vraiment?

Mais il n'y a plus de temps pour réfléchir et, tout à coup, Victoria enlace Cassie et la serre fort dans ses bras.

— Je n'aurais jamais cru que tu le ferais! crie-t-elle dans l'oreille de Cassie.

Cassie sautille sur place avec Victoria, toujours légèrement perplexe. Mais elle ne peut pas résister à l'envie d'être heureuse. Elle a réussi. Elle a sauté. Et c'est la méchante Victoria qui l'a aidée!

*Règle de vie numéro 77 : Le bonheur,
c'est se laisser aller.*

C'est un moment beaucoup trop exceptionnel et

merveilleux pour se poser des questions, et Cassie se laisse aller.

— C'était tellement incroyable! crie-t-elle à son tour à Victoria.

Les deux filles continuent à sauter, follement excitées, jusqu'au moment où elles se rendent compte que tout le monde les observe!

Cassie s'en moque complètement. Elle est si reconnaissante à Victoria, et si heureuse de le montrer à toute la classe.

Victoria, en revanche, s'écarte aussitôt et retrouve sa mine sombre; c'est la Victoria à laquelle Cassie est habituée.

— Oui, c'était super, marmonne Victoria en croisant les bras.

Ne sachant trop que faire, Cassie la dévisage d'un air ébahi, cherchant quelque chose à dire.

Avant qu'elle puisse songer à quoi que ce soit, Estrella bondit devant Cassie et se jette à son cou.

— Tu es la déesse du ciel! s'écrie-t-elle.

Cassie enlace Estrella à son tour, encore à bout de souffle, et regarde Victoria s'éloigner de la foule.

Quelques secondes plus tard, tout le monde se rassemble autour de Cassie pour la féliciter. Mais, sans trop savoir pourquoi, Cassie n'arrive pas à chasser Victoria de ses pensées.

CHAPITRE 11

Cônes de pin et escarpins

L'après-midi se termine par une dernière classe de sciences naturelles où les campeurs en apprennent davantage sur les arbres de l'Ontario. Cassie ignorait qu'il existait autant d'espèces de pins. Tout en écoutant les explications de Marie-Pier et de Christian, elle allonge le bras pour cueillir trois petits cônes de pin. Ils sont mignons avec leurs écailles et leurs tiges minuscules. Cassie les trouve absolument parfaits, et elle les glisse dans son petit sac à dos.

De retour au campement, on demande aux campeurs d'aller faire un brin de toilette avant le souper et la fête soulignant leur dernière soirée à la Pinède. Cassie se demande ce que leur réservera cette fête. Victoria en parle sans arrêt, et Cassie espère que ce sera amusant. *Il faut que ce soit amusant*, se dit-elle en mettant son jean cigarette et ses escarpins à bouts ouverts. Personne ne sait qu'elle les a apportés, pas même Estrella.

— Je ne peux pas croire que tu les as apportés! fait Estrella d'une voix aiguë en voyant Cassie les extirper de son gros sac à dos.

— Je sais. Je n'ai pas pu résister. Ne te fâche pas, d'accord? demande-t-elle à Estrella.

Elles s'étaient promis de n'apporter que ce qui figurait sur la liste.

— Je ne t'en voudrai pas pour les escarpins, si tu ne m'en veux pas pour ça, dit Estrella en sortant une création Es de son sac.

Il s'agit d'une superbe jupe en jean à effet patchwork.

Cassie est estomaquée.

— C'est toi qui l'as faite?

— Non. Enfin, en partie. J'ai seulement cousu les carrés d'étoffe.

— Elle est ravissante!

Estrella regarde la jupe et sourit.

— Merci! Je l'adore! dit-elle.

Les deux amies s'examinent une dernière fois dans leurs petits miroirs de poche, puis Cassie prend son mousqueton et l'accroche à la boucle de sa ceinture.

Enfin prêtes, Cassie et Estrella se dirigent vers la table de pique-nique où elles rejoignent tous les autres. Elles s'assoient avec Mireille et Marjorie en vue du festin de hot dogs grillés sur le feu et de fèves au lard. Cassie est un peu dégoûtée lorsqu'elle voit qu'on ouvre des conserves de fèves au lard et qu'on les déverse dans une grosse casserole. Mais à sa grande surprise, c'est l'un des repas les plus délicieux qu'elle ait mangé depuis son arrivée à la Pinède.

Tout en mangeant, les filles échangent leurs impressions sur leur expérience du saut à l'élastique. Marjorie ayant l'habitude d'être au sommet de la pyramide en gymnastique, Cassie était persuadée qu'elle n'aurait aucune difficulté à sauter. Et pourtant...

— J'étais pétrifiée! raconte Marjorie. Je te jure, si tu n'avais pas sauté un peu avant moi, Cassie, jamais je n'aurais pu le faire.

— C'est gentil de ta part de me dire ça, Marjorie!

— Victoria t'a beaucoup aidée, n'est-ce pas? demande Mireille.

Cassie ne sait même pas quoi répondre. Elle ne veut pas que Mireille sache à quel point elle est blessée, et elle se contente de répondre :

— Oui, beaucoup.

Elle se tourne vers Victoria, qui est assise avec sa mère et M. Bournival. Ils discutent probablement des derniers détails de la fête.

— Holà, tout le monde, dit Christian en se levant. Quand vous aurez terminé, prenez des s'mores en passant près du feu. Vous pourrez les manger en vous rendant au pavillon principal où aura lieu la fête.

Miam! Cassie adore ces biscuits garnis de guimauve et de chocolat, surtout quand ils sont encore tout chauds.

Cassie et Estrella suivent le groupe jusqu'au pavillon principal tout en se régalant. Cette fois, on leur permet d'emprunter un sentier plus facile normalement réservé au personnel. Il est éclairé de petites lumières jaunes. Cassie est soulagée de ne pas avoir à affronter la périlleuse traversée du ruisseau encore une fois, surtout avec ses escarpins!

— Franchement, ils auraient pu nous faire passer ici à l'aller! dit Estrella.

Cassie songe à sa chute catastrophique dans l'eau et rit.

— Qu'est-ce qu'il y a? demande Estrella.

— Rien. C'est juste que je n'arrive pas à croire que le voyage tire à sa fin.

— Je sais.

— Je me suis beaucoup amusée, Es. C'était extrêmement difficile... Aujourd'hui, par exemple, c'était la chose la plus difficile que j'aie jamais faite. Et j'ai réussi! dit Cassie, radieuse.

— La chose la plus difficile que tu aies jamais faite? Allez! dit Estrella en resserrant sa queue de cheval. Tu as déménagé de Vancouver en Ontario, et tu l'as fait en vraie rock star. Ça, c'était difficile.

Cassie se tourne vers Estrella tandis qu'elles marchent.

— En effet, ça a été assez difficile, dit-elle.

Cassie se demande ce que font Emma et les autres filles là-bas, à Vancouver. Elle a tellement hâte de retourner dans la civilisation et de leur parler! Elles n'en reviendront pas de ce qu'elle a accompli en quelques jours seulement.

— Bien sûr que ça a été difficile de déménager! poursuit Estrella. Pourtant, tu donnais l'impression que c'était facile. Je sais que les activités des derniers jours n'étaient pas évidentes pour toi, mais j'étais certaine que tu y arriverais.

Estrella tripote toujours sa queue de cheval.

— Merci. Moi aussi, je savais que tu réussirais!

— J'ai raffolé de toutes les activités, dit Estrella, lâchant enfin ses cheveux.

— ET tu as parlé à Émile Goulet, chuchote Cassie.

Estrella rougit.

— Ouais! Je devrais t'en vouloir. Je ne peux pas croire que tu m'as obligée à faire la course avec lui!

Estrella donne une petite tape amicale sur le bras de Cassie.

— Tu étais totalement ridicule, dit Cassie. Tu peux parler à n'importe qui. Tu n'avais aucune raison de l'éviter.

— Ma foi... Tu as raison.

Estrella sourit d'un air penaud et ajoute :

— Il est vraiment gentil.

— Et mignon, non? demande Cassie en levant les sourcils.

Estrella rougit.

— Arrête! dit-elle.

Aussitôt, elle change adroitement de sujet.

— Et je trouve que nos efforts pour réinventer la

mode au camping ont été très fructueux!

On arrive toujours à distraire Cassie quand on lui parle de mode. Elle tourne sur elle-même dans la tenue qu'elle a choisie pour la fête.

Estrella l'imite, faisant voleter sa jupe en patchwork.

— On a réussi! approuve Cassie en souriant.

Chemin faisant, elle observe ses camarades qui marchent tous ensemble. Tous ont l'air sincèrement heureux d'être là.

Victoria marche devant elles avec Lyne. Cassie essaie de ne pas se laisser trop impressionner par la façon dont Victoria s'est brusquement écartée d'elle plus tôt. N'empêche que ça lui fait de la peine. Elle ne comprend pas pourquoi Victoria se montre toujours aussi dure avec elle. Elle n'a aucune raison d'agir ainsi.

Lorsqu'ils atteignent enfin le pavillon principal, les campeurs ont le plaisir d'apercevoir, à l'entrée du bâtiment, une grande banderole où l'on peut lire : FÉLICITATIONS À TOUS LES CAMPEURS! C'est si excitant, à la veille de leur départ, de prendre conscience de tout ce qu'ils ont vécu.

Christian les guide jusqu'à l'intérieur. Des chandelles éclairent la pièce où trône une grande table avec des plats de grignotines et des boissons gazeuses. Une fois qu'ils se sont installés dans des fauteuils et des canapés confortables, Christian annonce que c'est la tradition, lors de la dernière soirée, de remettre des prix et, bien sûr, de s'amuser.

— Au nom de tous les moniteurs, je tiens à vous dire

à quel point vous êtes tous formidables. Vous avez été courageux. Vous avez été déterminés. Et vous en avez appris un peu plus sur les fabuleux paysages de l'Ontario, et sur vous-mêmes également.

Il applaudit, et tout le monde en fait autant.

— Les derniers jours n'ont pas été faciles. Nous le savons. Et pour vous montrer comme nous sommes fiers de vous tous, nous avons des prix à vous attribuer.

M. Bournival apparaît dans l'embrasure de la porte, poussant un chariot chargé de trophées.

Mme Jeanson se lève et rejoint les deux hommes à l'avant.

— Chers élèves, commence Monsieur B. Vous avez réussi. Et c'est vraiment fantastique.

Mme Jeanson rit.

— Et j'ai réussi, moi aussi! Je n'arrive pas à le croire!

Cassie ne s'était pas rendu compte que les activités au programme pouvaient être difficiles pour M. Bournival et Mme Jeanson. Tandis que ces derniers commencent à distribuer les trophées, Cassie se rejouit de voir ses amis récompensés pour leurs efforts soutenus.

Elle jubile lorsqu'Estrella et Émile remportent le prix du meilleur travail d'équipe grâce à leur performance lors de la course à trois jambes. Et lorsque Lyne obtient celui du meilleur esprit sportif, Cassie se lève pour l'acclamer. Jonah gagne le trophée du participant ayant le meilleur sens de l'humour, et il fait la roue en se rendant vers le podium!

— C'est toujours difficile de décider à qui ira le

trophée « Dynamisme », dit Christian, le petit trophée en forme de pin à la main. Plusieurs d'entre vous auraient pu le remporter. Cependant, tous les moniteurs étaient d'accord pour dire qu'une personne en particulier le méritait amplement.

Il fait une pause avant d'annoncer en souriant :

— Et cette personne est Cassie Nantais.

Cassie ne s'attendait pas à entendre prononcer son nom. Jonah la pousse doucement du coude, et Cassie s'aperçoit que tout le monde attend qu'elle se lève pour aller chercher son trophée. Sur le coup, elle rougit, mais lorsqu'elle serre la main de Christian, elle est tellement heureuse qu'elle fait même un petit bond, ce qui fait rire quelques personnes. Marjorie s'écrie :

— Bravo, Cassie!

Cette dernière revient s'asseoir à sa place et montre le trophée à Estrella, qui l'entoure de son bras.

— Félicitations! Tu le mérites tellement!

Christian continue.

— Le dernier trophée sera remis à la personne qui, selon nous, n'a négligé aucun effort pour faire de ce séjour une expérience positive pour tous les campeurs. Nous sommes très fiers de le décerner à…

De nouveau, il s'arrête un instant.

— … nulle autre que Victoria Jeanson!

Mme Jeanson et Monsieur B. applaudissent, et Victoria se lève. Cassie voit bien qu'il s'agit d'une réelle surprise pour Victoria, car la joie et la stupeur qui se lisent sur son visage sont trop sincères pour être feintes.

Tous les campeurs l'applaudissent et l'acclament. Toutefois, Cassie ne peut s'empêcher de se demander si Victoria méritait véritablement ce prix. Elle semble toujours si impitoyable et si négative avec tout le monde. Elle se montre dure avec Lyne et tous les autres, et leur donne constamment des ordres. Sans parler de la rudesse dont elle a fait preuve en rabrouant Cassie sur sa façon de faire ses bagages, en la ridiculisant lorsqu'elle est tombée, osant même lui dire quand rire ou ne pas rire... Tout ça est d'une méchanceté! Et que dire de sa fuite soudaine quand Cassie et Estrella se sont serrées dans leurs bras? Cassie n'y comprend rien.

Victoria se dirige à l'avant de la pièce, et sa mère l'accueille avec une chaleureuse étreinte. Victoria accepte le prix avec une grande politesse et retourne s'asseoir.

— Maintenant que nous avons terminé la distribution des prix, il est temps de s'amuser! lance Christian gaiement. Mme Jeanson et Victoria nous ont préparé des jeux palpitants. Faisons une pause de cinq minutes pour leur donner le temps de s'installer.

Les campeurs applaudissent.

Estrella et Cassie se dirigent vers la table des rafraîchissements. Elles y trouvent d'autres s'mores et ne se font pas prier pour en reprendre!

Alors qu'elles se régalent, debout près de la table, Cassie fait part à Estrella de ses réserves concernant le prix remporté par Victoria.

— Eh bien… fait Estrella, plissant les yeux derrière ses lunettes tout en réfléchissant. Moi, je crois qu'elle le méritait.

— Sérieusement? Mais elle peut être tellement méchante parfois!

— C'est vrai, tu as raison. Mais c'est sa façon un peu bizarre de veiller sur les gens autour d'elle. Par exemple, elle tient à ce que tout le monde fasse les choses de la bonne manière. C'est un peu agaçant, mais on ne peut pas vraiment le lui reprocher, dit Estrella.

Cassie n'avait jamais vu les choses sous cet angle-là. Parfois, elle souhaiterait qu'Estrella ne soit pas aussi perspicace! Mais peut-être qu'elle a raison, après tout.

— Hé… ATTENDS! ajoute Estrella si rapidement que Cassie peut presque voir l'ampoule apparaître au-dessus de la tête de son amie. C'est elle qui t'a incitée à sauter à l'élastique! Tu te rends compte? C'est tout un exploit!

Cassie doit donner raison à Estrella. C'est bel et bien grâce à Victoria qu'elle a sauté. Et qu'elle n'a pas apporté de magazines. De plus, Victoria a également aidé d'autres personnes. Cassie se tourne vers Victoria. Lyne, Mireille et plusieurs autres se tiennent près d'elle, la félicitant pour son prix. Et tout en restant aimable et polie, Victoria s'affaire à préparer les prochaines activités. Certains lui demandent s'ils peuvent lui donner un coup de main, mais Victoria refuse. Elle oblige même Lyne et Mireille à s'asseoir pour mieux déguster leurs s'mores. Tout le monde semble comprendre Victoria et lui vouer une réelle admiration. Peut-être qu'il est temps pour Cassie d'en faire autant.

Soudain prise d'inspiration, Cassie décide d'aller féliciter Victoria.

— Je reviens tout de suite, dit-elle à Estrella.

Elle s'approche de Victoria, qui est occupée à trier des bouts de papier.

— Est-ce qu'on va jouer aux charades en action? demande Cassie en prenant un ton désinvolte.

Surprise, Victoria lève les yeux.

— Oui, en effet.

Elle continue à empiler ses papiers.

— J'adore ce jeu! dit Cassie.

— Tant mieux, dit Victoria comme si de rien n'était.

Cassie a envie de s'éloigner et de renoncer une fois pour toutes à se rapprocher de Victoria, mais elle se retient et plante fermement ses pieds au sol.

— Je ne voulais pas te déranger pendant tes préparatifs. Je tenais simplement à te féliciter pour ton prix. Tu le mérites, dit Cassie avant de tourner les talons.

— Ils n'avaient pas d'autre choix que de me le donner, dit Victoria d'un air très sérieux.

— Hein? fait Cassie en virevoltant.

Elle est tellement surprise que c'est tout ce qu'elle trouve à dire.

— C'est vrai. Après tout, j'étais la responsable du groupe. Ma mère était parent accompagnateur. Qu'est-ce qu'ils pouvaient faire d'autre?

Victoria retourne à ses papiers.

Elle est aussi dure envers elle-même qu'elle l'est avec les autres.

— Non. Ce n'est pas vrai, dit Cassie à voix basse.

— Bien sûr que si. Ma mère est ici, ils se devaient de le faire.

Victoria paraît complètement démoralisée.

— Non, c'est faux. Ils te l'ont donné parce que tu as été formidable durant notre séjour ici, et parce que tu as aidé de nombreuses personnes à se dépasser.

Victoria se lève pour faire face à Cassie.

— C'est vrai? Tu penses sincèrement ce que tu dis?

— Oui, je pense ce que je dis! Je ne suis pas une menteuse, au cas où tu ne l'aurais pas remarqué, dit Cassie.

— J'ai remarqué, dit Victoria en jetant un regard à Cassie.

— Alors, tu n'as qu'à me croire, O.K.? Tu as fait de ton mieux pour que notre séjour ici soit une expérience inoubliable. Tu nous as mis au défi de nous familiariser avec des choses tout à fait épouvantables. Et tu m'as fait sauter à l'élastique! Ce n'est pas rien, tu sais. J'ai une peur bleue des hauteurs.

Victoria sourit en entendant ces mots.

— C'est vrai?

— Hum, plus que vrai! C'est maladif!

Mme Jeanson s'approche à cet instant et passe son bras autour de Victoria.

124

— Comment ça va? Bientôt prête à commencer les jeux?

— Je suis prête, répond Victoria.

— Dans ce cas, commençons.

Victoria sourit à Cassie.

— Merci, dit-elle gentiment.

— Merci à toi! dit Cassie.

Et elle pivote pour aller rejoindre Estrella et les autres.

— Cassie? demande Victoria.

Cassie se retourne.

— Tu sais que tu n'étais pas censée apporter ces souliers, n'est-ce pas?

Cassie fronce les sourcils. C'est une blague ou quoi?

Mais Victoria lui fait alors un clin d'œil et se met à rire. Cassie rit aussi, heureuse d'être allée lui parler.

Dès le départ, le jeu des charades en action a un succès fou. Il y a de l'excitation dans l'air. Tout le monde semble heureux d'avoir du temps pour simplement se divertir. Les jours précédents ont été éreintants, et il fait bon se détendre un peu. Les campeurs crient et rient tout en jouant. Même Monsieur B. participe, rigolant avec son équipe. Les joueurs réussissent à deviner toutes les charades de Cassie, sauf une. Elle n'a aucune idée de la façon de mimer un « parc aquatique »!

Mais au bout de quelque temps, les participants semblent se désintéresser du jeu. Ils n'attendent plus leur tour avec autant d'impatience. Certains bâillent, même.

Oh, oh! se dit Cassie. *Il ne faut pas que la soirée finisse comme ça.*

Elle jette un coup d'œil à la ronde avec nervosité, craignant que le jeu de Victoria se termine en queue de poisson. Son regard croise alors celui de Victoria. Manifestement, celle-ci redoute la même chose qu'elle.

Victoria se lève et rejoint discrètement Cassie et Estrella.

— C'est un désastre total, murmure-t-elle. Je suis peut-être douée pour organiser certaines choses, mais pas des trucs comme ça.

— Qu'est-ce que tu veux dire? demande Cassie.

L'air contrariée, Victoria lève les yeux au ciel en désignant la salle d'un hochement de tête.

— Mais non, ça va! Tout le monde s'amuse, dit Cassie en essayant d'être convaincante.

Victoria entraîne alors Cassie et Estrella dans un coin. Personne ne semble même le remarquer.

— Non. Tout le monde s'amusait. Mais plus maintenant.

Elle devient silencieuse, et Cassie croit voir des larmes dans ses yeux.

— Je ne voudrais pas que les élèves retiennent que leur aventure s'est terminée par ce fiasco, dit Victoria.

Victoria appelle à l'aide. Cassie n'en revient pas. Estrella non plus, d'ailleurs, car elle est plantée là, bouche bée.

— Quelle est la prochaine activité prévue? demande Estrella.

— Il n'y en a aucune autre, répond Victoria, paniquée. J'ai cru que le jeu des charades en action suffirait.

Cassie écarquille les yeux.

Les trois filles observent les campeurs, qui jouent avec beaucoup moins d'entrain maintenant. Certains sont même en train de s'endormir. Et il n'est que 19 heures!

— Et si on faisait un projet d'arts plastiques? suggère Estrella.

Avant que Cassie ne puisse tenter d'écarter avec tact la proposition d'Estrella, Victoria lâche brusquement :

— On ne peut pas faire ça! Comme si les gars allaient accepter de faire du bricolage!

Estrella a un léger mouvement de recul.

— Es, il faut s'assurer que l'activité plaira à tout le monde, tu comprends?

— Je comprends, répond Estrella calmement.

— Et tu me dois toujours cette leçon de tricot, tu te souviens? fait remarquer Cassie.

Estrella sourit.

— C'est vrai! J'ai hâte de te montrer le nouveau...

— O.K., les filles, l'interrompt Victoria. Pour l'instant, on a besoin d'une idée. Pour tous ces campeurs. Restons concentrées.

Cassie et Estrella tournent la tête et foudroient Victoria du regard, puis toutes trois se mettent à rire.

— Ça va, j'ai compris! dit Victoria. Désolée.

Subitement, comme si un tourbillon de poudre magique lui était tombé dessus, Cassie a une excellente idée.

— Attendez! s'écrie-t-elle d'une petite voix aiguë.

Elle prend son sac à dos et fouille à l'intérieur. Elle trouve son brillant à lèvres et enduit ses lèvres de « pot de miel ».

— Du brillant à lèvres? Qu'est-ce qu'on va faire avec ça? demande Victoria.

Cassie lève un doigt pour lui faire signe d'attendre pendant qu'elle termine.

— Elle n'aime pas qu'on la dérange pendant qu'elle applique son brillant à lèvres, dit Estrella en plaisantant à moitié. C'est une opération très compliquée.

Victoria pouffe de rire, et les trois filles s'esclaffent de nouveau.

Lorsqu'elle a fini, Cassie remet le brillant à lèvres dans son sac et se remet à fouiller dedans. Elle en retire son lecteur MP3.

— Quoi? On écoutera dans l'oreillette à tour de rôle, c'est ça? demande Victoria sans se rendre compte à quel point elle est blessante encore une fois.

— Mais non! fait Cassie évasivement, fière de son idée. C'est beaucoup mieux que ça.

Elle lève son lecteur MP3 bleu sarcelle dans les airs et change le cours de la soirée avec un seul mot :

— Karaoké!

Elles se regardent toutes les trois avec excitation.

— Tout le monde aime le karaoké! Et il y des tonnes de chansons parmi lesquelles les participants pourront choisir.

— Pas de doute, tu es un génie, Cassie, dit Victoria avant de s'élancer à la recherche de sa mère et de Christian.

Il leur suffira de relier le lecteur MP3 à la chaîne stéréo, et le tour sera joué!

— Attends, attends, attends, dit Cassie en agrippant Victoria par le bras avant qu'elle ne s'éloigne. C'est nous qui devrons faire le premier numéro.

— Pas question, dit Estrella.

Cassie fixe Victoria avec intensité. Victoria se doit de dire oui après tout ce qu'elles ont vécu cette semaine, au nom de l'entraide.

Victoria avale avec difficulté.

— As-tu *Girls Just Want to Have Fun*? demande-t-elle à Cassie, soudain très sérieuse.

Encore une fois, Cassie est stupéfaite.

— Oui! Bien sûr que oui! lance-t-elle.

C'est l'une de ses chansons préférées. Elle la chante constamment avec sa mère.

— Ma mère adore cette chanson, dit Victoria. Elle me la chante depuis toujours.

— La mienne aussi! s'écrient Cassie et Estrella en chœur.

Cassie dévisage Estrella avec étonnement. Elle ignorait ce fait très important à propos de sa meilleure amie!

— O.K., les filles, prêtes à vous amuser? demande Cassie. Préparons à nos amis campeurs une soirée super excitante !

L'expression de Victoria est plus sérieuse encore que lorsqu'elle a un examen de maths.

— D'accord, dit-elle en plissant les yeux. Donnez-moi une minute pour avertir ma mère et Christian.

Victoria part en coup de vent, le lecteur MP3 de Cassie à la main.

Elle revient quelques instants après.

— Parfait, ils vont tout brancher et nous passerons en premier!

Tout se déroule tellement vite! Et Cassie tient à se refaire une beauté avant d'être présentée. Elle entraîne les deux filles dans les toilettes des dames.

— Vérification de la coiffure et du maquillage, lance-t-elle.

Une fois à l'intérieur des toilettes aux murs vert menthe, Cassie ouvre son sac à dos et en sort les quelques articles qui pourraient se révéler utiles : du brillant à lèvres, une brosse et des élastiques.

Estrella fouille dans son sac à main et en retire le même butin. Elle a apporté son brillant à lèvres « glaçage sucré ». Le rose convient parfaitement au teint de Victoria.

— Victoria, tu devrais essayer ce brillant à lèvres, propose Estrella.

— Quoi? demande Victoria qui reste plantée là, l'air un peu déconcertée. Non, merci. Je n'utilise pas ces trucs-là.

— Oui, mais tu monteras sur scène ce soir, dit Cassie en mettant une main sur sa hanche.

Estrella lui tend le tube de brillant.

— Tu n'as qu'à en faire sortir une petite quantité et tu l'appliques. C'est simple.

Victoria prend le tube et s'exécute. Elle étend le brillant sur ses lèvres et, instantanément, cela lui donne un air tout à fait chic. Elle s'approche du miroir pour se regarder.

— Ça alors! dit-elle d'un ton excité. Est-ce que c'est censé briller comme ça?

— Oui! C'est l'effet qu'on recherche, dit Cassie avec sérieux.

— Ça alors, répète Victoria en tournant légèrement la tête pour que le brillant à lèvres capte la lumière.

Cassie se dit qu'il ne reste plus qu'une chose à retoucher chez Victoria : ses cheveux.

Cassie se place devant le miroir et fait gonfler légèrement ses propres boucles. Elles ont grand besoin d'un bon traitement revitalisant, après tout ce qu'elles ont enduré au cours de ce voyage. Cassie sort de son sac son revitalisant en atomiseur et en vaporise ses cheveux pour leur redonner de la brillance. Pendant ce temps, Estrella défait sa queue de cheval et brosse ses longs cheveux raides. Ceux-ci deviennent aussitôt lisses et lustrés. Estrella a de magnifiques cheveux.

— Vous avez de la chance que les moustiques ne vous aient pas attaquées, avec tous ces produits que vous avez dans les cheveux, dit Victoria.

Cassie roule les yeux, mais elle est effectivement soulagée de ne pas avoir eu à supporter les piqûres de moustiques en plus.

— Bon, occupons-nous de tes cheveux, maintenant, dit Cassie en examinant la tête blonde de Victoria. Estrella va d'abord les brosser.

Estrella hoche la tête et s'installe derrière Victoria. Elle lui enlève son chouchou en tartan et se met à la tâche.

Victoria reste silencieuse, toujours éblouie par l'éclat de son brillant à lèvres.

Estrella commence à lui brosser les cheveux et, en un instant, les cheveux blonds, rebelles et frisottés de Victoria deviennent dociles et lustrés, plus lisses qu'ils ne l'ont jamais été.

— Oh là là! dit Victoria une fois qu'Estrella a terminé.

Cassie applaudit.

— C'est toi qui devrais présenter les créations d'Estrella au prochain défilé de mode!

Elle vaporise quelques jets de revitalisant sur les cheveux de Victoria.

Cette dernière rougit.

— Est-ce que je devrais remettre mon chouchou?

— Pas avec ces cheveux-là! répond Cassie.

— Tu en es sûre?

— Oui! renchérit Estrella d'un ton catégorique. Ils sont superbes!

— Mais, attends! ajoute Cassie en plongeant la main dans son sac.

Elle en retire les cônes de pin qu'elle a ramassés plus

tôt dans la forêt.

— Si on mettait ça?

— Dans mes cheveux? demande Victoria en grimaçant.

— Oui! répondent Estrella et Cassie à l'unisson.

En quelques secondes, elles parviennent à glisser les trois petits cônes de pin sous l'élastique qui retient une partie des cheveux de Victoria. L'effet est à la fois super, naturel et chic!

Victoria tourne la tête de façon à voir ses cheveux dans le miroir.

— Oh, comme c'est joli! dit-elle d'un ton joyeux.

Cassie fait gonfler ses boucles de nouveau et regrette de ne rien avoir pour les retenir.

— Tu n'aurais pas par hasard... demande-t-elle.

Mais elle s'interrompt.

— Quoi? demande Victoria en écarquillant les yeux.

— J'aimerais bien avoir un bandeau pour retenir mes cheveux, et je me suis dit que tu en avais peut-être un...

— Bien sûr!

Victoria se précipite sur son sac à dos et en sort un ravissant bandeau en satin vert.

— Qu'en dis-tu? demande-t-elle en le tendant à Cassie.

Celle-ci prend le bandeau et le glisse sur sa tête. Immédiatement, cela lui donne un nouveau style qu'elle adore. Pas évident de ne pas déroger au style campeuse chic. Elle recule pour mieux vérifier sa tenue dans le miroir.

Mme Jeanson passe la tête dans l'embrasure de la porte.

— Les filles! Tout est installé. On vous attend!

Cassie et Estrella se penchent vers le miroir pour s'appliquer une dernière couche de brillant à lèvres. Victoria, debout entre les deux, s'examine avec grand sérieux.

— Tu es splendide! lui dit Cassie.

Victoria sourit.

— Merci. Merci beaucoup!

Les trois filles tournent les talons et se dirigent vers la pièce principale. Le visage de Mme Jeanson s'éclaire lorsqu'elle aperçoit Victoria.

— Ma chérie, regarde-toi! dit-elle.

Victoria sourit à sa mère.

— Je suis O.K.?

— Tu es fabuleuse! s'exclame Mme Jeanson en enlaçant sa fille.

Elle se ressaisit au bout d'un moment et s'écarte.

— Les filles, vous êtes toutes magnifiques. Allez, amusez-vous!

Elle lève la main pour indiquer à Christian de mettre la musique en route.

Soudain, une musique entraînante résonne dans les haut-parleurs, se répandant dans le pavillon principal et jusque dehors grâce aux haut-parleurs extérieurs.

La nervosité s'empare de Cassie, qui a l'estomac tout chamboulé. Estrella a le teint presque vert. En revanche, Victoria est calme, concentrée et fin prête.

En entendant la musique, les autres campeurs regardent autour d'eux, perplexes.

Les trois filles arrivent en courant à l'avant de la salle et s'emparent de leurs micros.

— Bonsoir, chers campeurs! crie Victoria. C'est l'heure de s'amuser un peu. Grâce à mes amies Cassie et Estrella... nous vous présentons... le KARAOKÉ!

Les spectateurs sont silencieux, un peu abasourdis de voir Victoria aussi détendue, sans parler de son brillant à lèvres et de sa nouvelle coiffure.

Heureusement, l'ouverture de la chanson permet à Cassie de se ressaisir. Victoria a dit qu'elles étaient amies!

Mais ce n'est pas le moment de se laisser gagner par l'émotion. Cassie doit chanter. Elle entonne les premières lignes de la chanson, et les filles se joignent à elle.

Les spectateurs se mettent à crier et à taper des mains dès qu'elles commencent à chanter et à danser sur la scène. Cassie sait bien qu'elles sont loin de la perfection, mais chose certaine, elles s'en donnent à cœur joie. Elles font même un solo à tour de rôle.

Victoria chante sa partie d'une voix gémissante, et elle est applaudie du début à la fin.

Dans un accès de courage et de fierté, Cassie entraîne les filles jusqu'au milieu du public où elles chantent en chœur :

Girls, they want to have fun
Oh, girls just want to have fun.

Cassie, Estrella et Victoria chantent à tue-tête et ont l'impression d'être les héroïnes du film *Dreamgirls!* Avant la fin de la chanson, Cassie et ses partenaires retournent sur la scène et terminent leur numéro en levant les bras en l'air.

Les spectateurs hurlent, épatés, au moment où les trois filles saluent, radieuses et exaltées.

— C'est un succès total! dit Estrella.

— Inouï! ajoute Cassie.

Victoria se tourne vers elles.

— Vous êtes géniales les filles. Merci mille fois!

Elle tend les bras vers Estrella et la serre fort contre elle. Puis elle enlace Cassie et lui dit :

— Je ne sais pas comment on a pu se passer de toi si longtemps, Cassie.

Avant que celle-ci ait pu dire quoi que ce soit, Lyne monte en courant sur la scène pour étreindre Victoria. Cassie regarde les deux amies sauter de joie, et elle se dit qu'elle pourrait facilement devenir amie avec une fille comme Victoria. Tandis qu'elle promène son regard dans la pièce, elle n'en croit pas ses yeux : tout le monde fait la queue pour chanter. Jonah et Émile ont même l'intention de chanter un air populaire des frères Jonas.

— Tu as sauvé la situation ce soir, tu sais? dit Victoria à Cassie lorsqu'elles descendent de la scène.

— Non, pas du tout.

— Mais si! Tu plaisantes ou quoi? demande Victoria, incrédule.

— Je n'ai pas sauvé la situation. NOUS l'avons sauvée.

Ensemble.

— J'imagine que tu as raison.

— Enfin, nous l'avons fait, avec l'aide d'un peu de brillant à lèvres, ajoute Cassie.

Estrella les entoure de ses bras.

— *We just wanna, we just wanna!* fredonne-t-elle.

Les trois filles éclatent de rire et commencent à discuter tout bas de la chanson qu'elles chanteront au tour suivant.

CHAPITRE 12

Sur le chemin du retour

Personne ne peut vraiment le croire, mais le dernier matin est arrivé. Les campeurs mangent leur gruau – Cassie est tellement soulagée que ce soit la dernière fois! – et se dirigent vers leurs tentes pour terminer leurs bagages. Ils sont plutôt silencieux, se remémorant toutes les activités incroyables auxquelles ils ont pu participer à la Pinède.

Lorsqu'ils sont tous prêts, ils montent dans l'autobus, non sans avoir serré Christian et les autres moniteurs bien fort dans leurs bras. Cassie est triste de partir. La Pinède lui a peut-être donné du fil à retordre à quelques occasions, mais elle a l'impression d'être une personne totalement différente maintenant. Elle peut sauter à l'élastique, faire de la randonnée, regarder des vers de terre de près et tant d'autres choses encore! Cassie Nantais n'aurait jamais cru qu'elle pourrait dire ça un jour.

Règle de vie numéro 17 : On ne sait jamais!

Avec Estrella, elle choisit un siège à l'avant de l'autobus, juste derrière Victoria et Lyne. Les quatre filles ont passé une partie de la nuit à bavarder, en oubliant même le couvre-feu.

— Tu veux que je m'assoie près de la vitre? demande Estrella, sachant bien que Cassie a horreur d'avoir le vent dans les cheveux.

Cassie est sur le point de dire oui – sa réponse habituelle –, puis se ravise.

— Ça t'ennuierait que ce soit moi?

Elle a envie d'admirer une dernière fois les magnifiques paysages qu'offrent le campement et la forêt.

— Pas du tout, répond Estrella en s'écartant pour laisser passer Cassie.

Pendant qu'elles s'installent, Jonah et Émile passent dans l'allée. Cassie leur dit « salut » à tous les deux et, lorsqu'Émile salue Estrella, il trébuche.

Mais il se redresse vite.

— Salut, dit-il en souriant.

Jonah se met à rire et le pauvre Émile devient cramoisi.

— Allez, Goulet, avance! dit Jonah qui regarde Cassie en roulant les yeux.

Émile sourit de nouveau et marche jusqu'à l'arrière

139

de l'autobus.

— Il t'adore! dit Cassie.

Pour une fois, Estrella ne proteste pas. Elle se contente de prendre un air rêveur.

Cassie regarde la Pinède par la vitre tandis que l'autobus franchit les grilles et s'engage sur la route en terre. Les arbres majestueux défilent devant eux, se fondant en une parfaite teinte de vert. Tant de choses se sont passées en quelques jours seulement, et elle éprouve l'envie soudaine d'envoyer un message texte à Emma à Vancouver. Il y a maintenant presque quatre jours qu'elles ne se sont pas parlé! Cassie fouille dans son sac à dos et trouve son téléphone. Elle l'allume et est ravie de voir qu'un message d'Emma l'attend déjà.

HÉ, LA CAMPEUSE! TU M'AS MANQUÉ! COMMENT C'ÉTAIT?

Cassie appuie vite sur « répondre », mais elle ne sait pas par où commencer. Elle réfléchit pendant un moment, regardant par la vitre encore une fois. Puis soudain, elle se rend à l'évidence. C'est impossible de raconter une telle aventure dans un message texte. De plus, elle veut prendre le temps de contempler cette nature splendide.

Bien entendu, elle appellera Emma à l'instant même où elle mettra le pied chez elle pour lui raconter tout ce qui s'est passé.

Mais d'ici là, elle préfère s'installer bien confortablement et admirer la beauté du paysage ontarien, entourée de ses amies.

FIN